Arlette Cousture

Tout là-bas

ROMAN

Albin Michel

22, rue Huyghens, 75014 Paris
www.albin-michel.fr
ISBN 2-226-13870-6

En pensant à Aline Gélinas,
partie doucement rêver pour l'éternité.
Ce livre est pour sa belle enfant,
Aurélie Donais.

Le caboteur apparut derrière le rocher et glissa presque silencieusement jusqu'au quai où l'attendaient les insulaires de Harrington Harbour, avides de recevoir les provisions certes, mais également à l'affût de potins et curieux de voir les visages qui familiers, qui étrangers. De la timonerie on alluma le puissant projecteur, illuminant du même coup les rochers où frissonnaient quelques plantes sauvages accrochées à la vie par hasard. Puis la lumière bleue découvrit les traits des riverains, blafards et immobiles. Les passagers qui ne dormaient pas étaient tous sur le pont, anxieux de débarquer après une mer houleuse qui les avait rendus aussi blêmes que leurs hôtes de la nuit.

Le capitaine effectua les manœuvres d'accostage, inversant les moteurs, faisant gronder et frémir le métal du bâtiment. Le silence fut déchiré. Sur le quai et sur le pont on s'agita, hurlant de lancer les câbles, criant de les attacher aux bittes rouillées. Le premier-maître, en uniforme de la marine marchande, ordonna d'abaisser la passerelle, qu'empruntèrent prudemment les passagers portant leur trop lourd et encombrant bagage.

Des bras s'ouvrirent pour accueillir une personne connue, d'autres pour s'y réfugier. Un visiteur étranger fouilla la nuit du regard à la recherche d'une enseigne ou d'un panneau qui lui indiquerait où trouver la seule maison prête à l'héberger. Il remarqua un homme sans âge, au visage grimaçant sous une casquette de facteur, poussant une brouette vide. L'étranger détourna le regard et hocha la tête en se disant que même cette petite île, qui n'était retenue à la côte nord du golfe Saint-Laurent que par la glace d'hiver, n'avait pas échappé à la présence d'un simple d'esprit. Il ne pouvait savoir que cette tête heureuse appartenait à Luke, venu là à sa rencontre.

Luke avait l'œil presque fermé en regardant le trottoir de bois qui sillonnait l'île de Harrington Harbour et que tous devaient emprunter pour se rendre aux maisons des insulaires. Timide, presque timoré, Luke s'effaçait pour laisser passer les véhicules tout-terrain, les seuls autorisés à côtoyer les piétons qui étaient presque maîtres des lieux. Ces véhicules pouvaient asseoir inconfortablement deux passagers au-dessus des roues arrière et un autre courageux dans une petite remorque où s'entassaient aussi valises et cartons. Luke aperçut Clara, la jolie femme de Jim Sheltus, qui, assise sur un filet de pêche abandonné sur le quai par son mari pour être réparé, attendait celui-ci, résignée. Jim était un pêcheur de morues sans morues, forcé de trouver des cages pour se convertir au homard. Les cages étaient rares à Harrington Harbour, difficiles à trouver et onéreuses à faire expédier sur l'île. Quant aux quotas de pêche qu'on avait imposés, ils pouvaient refroidir n'importe quelle ambition.

Les pêcheurs de Harrington Harbour devaient partager les fonds marins avec les Gaspésiens, les Madelinots, les pêcheurs des Maritimes, sans oublier les Français des îles Saint-Pierre-et-Miquelon et les Américains du Maine. Personne ne parlait du braconnage, redoutant de voir disparaître les bouées indiquant ses appâts. Pour que tous aient de quoi éviter la famine, on avait quadrillé l'océan, confinant les pêcheurs à leur place sur l'échiquier marin. Sur la mer comme ailleurs, il y avait les rois et les fous. Jim était convaincu d'être un fou. Leurs sept enfants, à lui et à Clara, ne crevaient pas de faim, mais les vêtements usés par les aînés et les cadets s'effilochaient sur le dos des benjamins.

– Clara, veux-tu que

Clara n'attendit pas la fin de la phrase de Luke.

À Harrington Harbour on savait qu'il ne les finissait jamais.

– Merci, Luke. Jim va arriver.

Luke remarqua les traits tirés de Clara et d'immenses demi-lunes marine sous ses yeux. Il aperçut au même moment l'étranger errer sur le quai à la recherche d'un téléphone. Luke ne sut que faire. Manny lui avait demandé d'accueillir son client, mais Clara avait besoin de lui. Luke avait toujours eu de la difficulté à prendre des décisions. Clara était gentille et fatiguée, mais il était là pour le monsieur et celui-ci lui donnerait de l'argent. Luke attrapa pourtant la valise de Clara qui lui sourit en haussant les épaules, la mit dans sa brouette puis s'approcha du visiteur pour lui offrir de prendre son bagage. L'homme le regarda, un sourire sur les lèvres même si ses yeux exprimaient un doute.

– Je dois me rendre chez madame Manny. Tu sais où c'est ?

– C'est sûr que

Luke, suivi de l'étranger et de Clara, poussa la brouette sur le trottoir de bois. Seul le bruit de la roue sautillant sur les planches indiquait où était rendu le trio. Luke se dirigea d'abord vers la maison de Clara en se disant qu'il avait bien fait de l'aider, car elle traînait les pieds, trébuchant parfois sur une planche mal équerrée ou sur une pierre. Clara ne disait rien, Luke ne disait rien et l'étranger se taisait, à la remorque de leur silence.

Jim arriva à la course, essoufflé, l'air contrit.

– Francis.

– Francis quoi ?

– Sa dent.

– Pas encore sortie ?

– Non.

Jim prit la valise, chercha quelques pièces dans sa poche. Luke dit « Bonne nuit, Jim, Clara a besoin de la nuit parce que » et refusa l'argent d'un geste brusque. L'étranger fronça les sourcils.

– Ils sont pauvres, lui dit Luke d'une voix forte, la bouche en rictus. Les plus pauvres de Harrington, alors il faut que

Jim et Clara avaient fait la sourde oreille. Leur pauvreté était notoire et le qualificatif ne les heurtait plus. Ils étaient davantage blessés lorsqu'un de leurs enfants devenait la risée de ses camarades.

Luke rebroussa chemin et l'homme le suivit sans mot dire, forcé à la confiance. Après deux intersections qui auraient confondu n'importe qui, Luke s'engouffra dans une espèce d'impasse puis s'arrêta devant une maison blanche aux bardeaux de bois posés à clin, devant laquelle les nains de jardin prenaient toute la place laissée libre par les pots de fleurs en grès et les arbustes aux feuilles chétives. Manny ouvrit la lumière et Luke, suivi du visiteur, monta les trois marches du perron, la valise bondissant sur son genou. La porte était entrouverte, mais Manny n'était pas là pour accueillir son client.

– Si vous êtes pas pauvre, faut me payer. Si vous êtes pauvre, c'est gratuit. Moi je suis pas riche, c'est pour ça que

L'étranger dit qu'il n'était pas pauvre. Manny, le peignoir en chenille croisé sur sa poitrine de cinquante ans, apparut dans l'encadrement de la porte. Luke tendit alors la main, prêt à recevoir son pourboire, et l'homme y laissa tomber un dollar. Paupières baissées, Luke attendit. L'homme doubla la somme. Luke ferma le poing sur sa récompense, souhaita bonne nuit à Manny et rentra chez lui. Il poussa sa brouette en courant presque sur les planches. Le seul autre son qui troubla le sommeil des insulaires fut celui des grues qui délestaient le pont du caboteur d'une bonne douzaine de conteneurs.

Luke dormait à poings fermés sous le regard de sa jumelle, Lucy. Depuis leur naissance, quarante-cinq ans plus tôt, il s'était toujours collé à elle et Lucy n'avait jamais pu l'arracher. Elle travaillait au bureau de poste depuis vingt-cinq ans et avait inventé un emploi qui convenait au handicap de son frère. Tous les mois, elle lui remettait son chèque d'aide sociale dans une enveloppe de Postes Canada. Luke, convaincu d'être un vrai postier et un vrai facteur, portait la casquette marine tous les jours, avec fierté.

La casquette constituait son seul uniforme, et il y tenait, l'enlevant uniquement pour dormir. Le nombre d'habitants de Harrington Harbour n'avait jamais pu justifier la livraison du courrier et c'est ce job que Lucy avait imaginé pour occuper son frère. Les insulaires tenaient maintenant pour acquise la présence de Luke et utilisaient parfois ses services, moyennant une légère rétribution, pour expédier un colis ou une lettre. Luke n'avait jamais avoué recevoir des pourboires. Lucy l'avait toujours su.

– C'est l'heure.

Luke ouvrit un œil cireux, bâilla et allait enfiler son pantalon rapiécé quand Lucy lui rappela qu'ils avaient des funérailles.

– Ah ! c'est vrai, les funérailles. Pantalon propre, chaussures cirées. C'est ça ? Les funérailles, on se met propre parce que

Il se précipita sous la douche et ressortit presque aussitôt – l'eau douce était précieuse sur l'île –, se brossa les dents en trempant la brosse dans un verre d'eau plutôt que de la passer sous le robinet, pour la même raison, et se rasa avec un rasoir électrique.

Il rêvait encore d'un beau blaireau en poil de cochon et d'un rasoir avec une jolie lame brillante, mais Lucy lui avait expliqué que leur usage nécessitait également de l'eau.

– Ah ! c'est vrai. Barbe mouillée, facile à raser, tu me l'as dit que

Lucy avait enfilé une robe fleurie commandée par catalogue et elle fut obligée de mettre une épingle de nourrice dorée derrière le deuxième bouton pour empêcher la robe de béer.

– Merde !

Luke s'était copieusement arrosé d'after-shave et attendait sa sœur, assis sur la première marche du perron.

– Luke, enlève ta casquette et lève-toi. Tu vas salir ton pantalon.

– Ah ! c'est vrai.

Il n'en fit qu'à sa tête, se frotta le fessier et conserva sa casquette.

Ils arrivèrent à l'église au moment où commençait la cérémonie funèbre. Leur père et leur mère étaient là, encadrant leur demi-frère, Phillip, qui avait l'air important du fils orphelin bientôt quadragénaire et responsable. Lucy se glissa derrière eux, faisant passer Luke devant elle. Il fit une génuflexion du genou gauche et se signa à la façon des orthodoxes. Lucy le regarda faire, intriguée.

– Alors ? Qu'est-ce que tu fais ? lui chuchota-t-elle en lui enlevant la casquette.

– Comme dans les films que

– C'est des films catholiques, lui répondit-elle en lui replaçant les cheveux dressés en épis.

– Ah ! c'est vrai. Ils se salissent les genoux, pas nous. Tu viens juste de me dire qu'il ne fallait pas que

Il y avait longtemps que Lucy avait cessé de faire l'éducation religieuse de son frère et ses simagrées, inspirées des films qu'il voyait à la télévision, lui étaient complètement indifférentes. Celles-ci devaient venir du *Parrain*.

Le révérend fit les gestes propres aux funérailles, prononça un prêche de circonstance, parlant de l'amour qui avait uni le couple pendant plus de quarante ans et du paradis qui les attendait tous les deux. Le père de Lucy, qui enterrait sa seconde épouse, éclata en sanglots, ce qui fit pleurer Luke. Leur demi-frère, Phillip, sortit un mouchoir de sa poche – il était le seul homme que Lucy connût à utiliser encore des mouchoirs – et le tendit à son père. Lucy tapota doucement l'épaule de sa mère, la première épouse délaissée. Cette dernière se retourna et, sourire caché sous son rouge zigzaguant, lui jeta un regard de connivence. Lucy hocha la tête et demanda à son jumeau de cesser de renifler.

Plusieurs paroissiens formèrent un cortège derrière le cercueil que portaient six hommes à travers un champ qui conduisait au cimetière. Ceux-ci ahanaient sous le poids du cercueil, dont le bois et les poignées étaient certainement plus lourds que le cadavre, et sous les rayons du soleil presque au zénith. Les jeunes baigneurs de la piscine municipale contiguë au champ continuèrent de crier et de rire alors que les plus âgés, eux, ne savaient s'ils devaient se recueillir ou plonger pour disparaître.

L'officiant fit une dernière oraison devant le cercueil que les hommes laissaient descendre le plus lentement possible dans la fosse. Lucy et Luke encadraient leur mère tandis que Phillip tenait l'épaule de leur père de quatre-vingt-dix ans, secoué de sanglots.

– Alors, maman, cesse de rire.

La mère de Lucy se pinça les lèvres sous sa main aux pastilles brunes et veinée de bleu. De sa voix étonnamment jeune, elle répondit aux prières, réprimant ses rires pour ne pas indisposer sa fille.

Luke pleurait encore, Phillip acceptait les tardives condoléances avec flegme et savoir-faire, la mère de Lucy riait et celle-ci se demandait ce qu'ils allaient devenir.

Lucy et Manny avaient préparé le buffet et Manny se tenait debout derrière la table du lunch pour prêter main-forte à la famille. Les gens faisaient la queue avant de se servir de sandwiches aux œufs, au poulet ou au jambon hachés, faits dans du pain de mie blanc coupé en triangles. Ils piochaient allègrement dans le plat de céleri, d'olives farcies et de radis taillés en fleur et prenaient une généreuse portion de chips.

Le petit village ayant peu d'endroits assez grands pour accueillir plus de vingt personnes, la réception avait lieu dans la salle de récréation de l'école. Ils auraient pu choisir le grand salon de *L'Escale*, la résidence des aînés, mais Wilbrod, le père de Luke, Lucy et Phillip, avait dit « Non, non et non » avec véhémence.

Lucy tenait sa mère par la main tout en jetant un coup d'œil vers Luke qui avait sa mine ravagée des mauvais jours. Luke n'était heureux que lorsqu'il travaillait, poussant sa brouette aux limites de son monde. Les jours de congé lui étaient pénibles, avait compris Lucy, parce qu'il n'avait rien à faire. Luke n'existait que sous sa casquette.

Lucy remplit l'assiette de ses parents, auxquels elle

apporta aussi des serviettes pour protéger leurs vêtements et essuyer leur bouche.

– Alors, maman, cesse de pleurer.

– C'est de joie.

– Je sais.

– Tu ne veux pas que je pleure et je ne peux pas rire non plus.

– Je sais.

Quant à Wilbrod, il ne cessa de pleurer. Phillip, ébranlé par la mort de sa mère, faisait la navette entre son père et Josephine, la mère de Lucy et Luke.

– Alors, papa ? Tu ne veux pas retourner dans ta maison ?

– Jamais. Ce n'est pas ma maison. C'est la maison de Josephine.

Son père lui compliquait la vie et Phillip se désespérait. Il demanda donc à Lucy s'il pouvait passer chez elle après le repas. Elle haussa les épaules pour signifier qu'elle n'avait d'autre choix.

Comme prévu, les enfants de Clara et Jim Sheltus vidèrent toutes les assiettes et écrasèrent les miettes de gâteau avec leurs doigts, qu'ils suçaient goulûment. Ils étaient tous beaux et charmants, aussi Lucy et Manny avaient préparé trop de nourriture, sachant qu'ils s'en rassasieraient. Clara, son bébé de huit mois dans les bras, avait le teint verdâtre sous les néons. Jim et elle regardaient ailleurs quand les enfants dépassaient légèrement les bornes. Ces derniers ne se chamaillaient jamais, ayant compris que plus ils avaient la bouche pleine, moins ils pouvaient parler. À Harrington Harbour on aimait les enfants qui parlaient uniquement lorsqu'on les interrogeait. Il était notoire que Jim et Clara ne manquaient aucune occasion de rencontrer les gens, mais surtout d'offrir une sortie aux enfants qui leur permettait de plus de s'empiffrer à peu de frais. Invités ou non, ils assistaient aux fiançailles et aux mariages. On les voyait aux baptêmes et aux enterrements. Les scouts les invitaient à leur pastiche de jamboree et les enfants Sheltus participaient à tous les spectacles, qu'ils fussent organisés par l'école ou l'église.

Si Clara et Jim se permettaient de garder la tête haute malgré les écueils de leur vie, ils fuyaient le regard d'Emil qui leur avait vendu leur maison et auquel ils devaient de l'argent. Rien ne désespérait plus Jim que d'arriver nez à nez avec lui aux toilettes. L'aîné, Winston, instruit de la chose, faisait le guet et hochait la tête pour indiquer à son père que la voie était libre si ce dernier l'interrogeait d'un regard. Jim craignait Emil depuis qu'il voyait en lui un reproche vivant de ce qu'il était devenu. Une critique sans paroles du dénuement dans lequel il entraînait sa femme et ses sept enfants.

Manny avait amené son pensionnaire, arguant

que c'était elle qui avait préparé le buffet avec Lucy et qu'exceptionnellement il n'y aurait pas de repas servi à la maison. Le nouveau venu, qu'elle appelait Alex malgré ses protestations – « Mon nom est Alexandre » –, se présenta avec un col roulé rouge qui fit jaser. Les hommes bien de Harrington Harbour se gréaient tous de pulls de couleur marine s'ils étaient en âge de travailler, bruns ou noirs s'ils étaient à la retraite. Quant aux jeunes, ils avaient des pulls rayés contenant soit du marine, soit du brun. On aimait disparaître à Harrington Harbour et se fondre les uns dans les autres, ce qui n'était pas très difficile, tous étant cousins, germains ou éloignés.

Luke et Lucy raccompagnèrent leur mère et laissèrent Phillip s'occuper de son père. Ils rentrèrent à la maison, épuisés. Lucy se changea et étendit la lessive qui attendait dans le bac blanc. Dans ce bac, se trouvaient ses vêtements et ceux de son frère. Dans le rouge, il y avait les vêtements secs qu'elle devait repasser et plier avant de les porter à sa mère. Comme toujours.

Lucy repassa donc les vêtements de sa mère en faisant la moue. Elle ne pourrait bientôt plus échapper à la lessive de son père. Luke s'échinait depuis des jours sur un puzzle de soixante morceaux. De guerre lasse, il enfila en bandoulière son sac militaire kaki et sortit en faisant claquer la porte-moustiquaire.

– La porte !

– Ah ! c'est vrai.

Lucy savait qu'il irait se réfugier dans la grotte Marguerite, à moins que des enfants en aient fait un repaire de flibustiers ou de jeunes amoureux une nacelle à baise. Si la grotte était occupée, Luke irait cueillir des fleurs et des plantes sauvages dont, curieusement, il connaissait les noms latins que lui avait enseignés un pasteur mort depuis plus de trente ans. La directrice de l'école disait de Luke qu'il était un idiot savant. Lucy la laissait parler, sachant que son frère n'avait rien d'un savant. Son frère était un pauvre jumeau au cerveau en partie privé de savoir mais rempli de mémoire. Peut-être un peu idiot vu de l'extérieur, mais pas idiot pour elle quand, pour la réchauffer, il lui massait le dos ou les pieds. Les gens savaient qu'elle s'occupait de lui mais ignoraient qu'il s'occupait d'elle. Luke était le seul homme à avoir vu son dos nu et ses fesses. C'était l'homme avec lequel elle partageait son intimité, dans la plus grande des chastetés. Luke était le seul homme à savoir qu'elle pouvait ronronner de plaisir lorsqu'il prenait son cou entre ses deux pattes d'ours et le massait avec la légèreté d'un duvet d'eider.

Phillip entra après avoir frappé. Lucy l'attendait, un livre à la main, allongée dans son empreinte imprimée dans le canapé du salon.

– Alors ?

– Notre père est inconsolable et ta mère radieuse comme une jeune mariée. C'est ridicule.

– Non.

Phillip se servit un café qu'il sucra trop. Lucy laissa tomber son livre et alla se planter devant une fenêtre d'où elle pouvait voir la mer pailletée sous le soleil. Il fallait beaucoup de malchance pour ne pas avoir de vue sur la mer quand on habitait Harrington Harbour.

– Alors ?

– Papa a dit non à *L'Escale*.

– Maman ?

– Ta mère veut qu'il rentre au bercail. Papa a encore dit non.

– Alors ?

De son point d'observation Lucy voyait Luke marcher au faîte de la colline. Tantôt il se penchait pour cueillir ce qu'elle devinait être une plante, tantôt il posait la main sur son front pour se protéger du soleil en regardant la mer. Chaque fois qu'elle pensait à lui ou parlait de lui, la lumière s'atténuait et elle devait résister pour ne pas être attirée dans une caverne grise. Avec Luke, elle n'avait jamais pu naître. Luke était un morceau de placenta collé à son cœur et un bout de cordon entravant ses pieds.

– Ici avec vous deux ?

Elle frissonna. Elle savait que Phillip allait lui

demander de le dépanner de cette façon. Elle y avait longuement pensé.

– Non.

Phillip vint la rejoindre devant la fenêtre, observant son demi-frère à son tour.

– Dommage.

Elle ne demanda pas s'il parlait de Luke ou des parents. Wilbrod avait abandonné Josephine après trente ans de mariage, lui préférant la mère de Phillip. Il avait demandé le divorce et toute l'île de Harrington Harbour avait grondé, d'autant que les jumeaux n'avaient pas cinq ans. Cette naissance avait fait taire les chuchotements quant à l'assiduité avec laquelle Wilbrod s'était acquitté de son devoir d'époux. À Harrington Harbour, on parlait moins qu'on voyait.

Wilbrod aurait dit au pasteur – celui-là même qui avait appris le nom des plantes à Luke – que, s'il restait un jour de plus avec un fils sans tête, il irait à la pêche sans bouée, une ancre aux pieds. Le pasteur avait tenté de le raisonner, lui rappelant que Dieu lui avait aussi donné une belle petite fille, ce à quoi son père aurait répondu qu'il n'en était pas digne et l'abandonnait à sa mère.

– Lâche, pensait encore Lucy.

Ainsi Wilbrod avait quitté la maison et défait sa valise dans sa seconde chambre nuptiale, heureusement située sur une autre île, plus petite, plus sauvage, plus déserte, à un mille marin à peine de la première. De la fenêtre de sa chambre à coucher, leur mère avait pu voir la lumière s'allumer et s'éteindre dans celle de l'autre maison, comme elle pouvait voir s'allumer et s'éteindre celle du phare dont Wilbrod était le gardien. Lucy était toute petite que déjà elle savait les nuits de sa mère remplies de cauchemars et de rêves prometteurs : elle avait juré que son mari lui reviendrait. Lucy, elle, avait réussi à ne plus le voir ou à feindre de ne pas le reconnaître si elle le voyait. Quant à Luke, il lui souriait poliment du sourire benêt qui enrageait encore et toujours leur père.

Lorsque Lucy eut six ans, elle traîna son frère avec elle à l'école et l'assit près d'elle. Il dessinait et coloriait tandis qu'elle apprenait les chiffres, les lettres et les mots. On voulut les séparer et placer Luke dans une maternelle, ce qu'elle refusa, sachant que son frère la réclamerait sans arrêt. Dès qu'il la perdait des yeux, Luke paniquait et se tenait la gorge à deux mains pour faire comprendre qu'il étouffait.

Ce fut le pasteur, rempli du remords de n'avoir su convaincre le père de rester auprès des siens et, encore pire, d'avoir béni son second mariage, qui réussit à l'emmener avec lui une ou deux heures par jour et à l'intéresser à son herbier. Quant au baptême du rondelet poupon né après une grossesse de sept mois, le révérend avait demandé à un confrère de le célébrer, ayant atteint les limites de sa tolérance.

Lucy avait rapidement su qu'elle et son frère étaient jumeaux et qu'elle en serait responsable jusqu'à la fin de ses jours. Elle avait compris cette situation plus de quarante ans auparavant et, depuis, l'avait regrettée au moins une fois par jour.

– Alors ?

– Ta mère au rez-de-chaussée, notre père à l'étage ?

– Qu'elle monte l'escalier pour lui porter à manger ? Non. Qu'il descende.

– Il va tomber.

– Alors ?

– O.K. Comme tu dis.

– Quand ?

– Quand tu décideras. Tu vas les surveiller ?

– Non, j'ai assez de Luke.

– Et moi, j'habite l'autre île.

Sur la colline, Luke s'était allongé. Lucy savait qu'il chantait faux et qu'il s'abandonnerait au vent.

Manny s'était retirée dans son bureau encombré de coupures de petites annonces. Les lunettes appuyées sur le dos du nez, elle en encercla une en souriant. Puis, après l'avoir soigneusement découpée, l'ajouta à une bonne demi-douzaine d'autres identiques, toutes piquées au mur sur un carré de liège.

– C'est lui. C'est le mien.

Puis elle prit un bloc de papier quadrillé et, après maintes hésitations et quelques brouillons, rédigea une lettre qu'elle mit ensuite sous clef dans le tiroir du secrétaire.

– Alex ? On fait un Scrabble ? Alex ?

Alex n'était plus dans la maison. Manny ne l'avait pas entendu sortir, pas plus qu'elle n'avait entendu sortir son mari le matin de sa dernière pêche. Celle qui les avait précipités lui au fond de l'océan et elle dans le tourbillon d'un probable veuvage. Eût-on trouvé son corps, elle aurait pu apprendre la solitude. Mais jamais elle n'avait revu ses lèvres et sa moustache blonde, ses cheveux frisés et son chapeau imperméable. Jamais. Elle avait tremblé pendant des mois puis des années, allant au quai à chaque accostage ou embossage, convaincue qu'il allait réapparaître et lui dire qu'il était enfin revenu après avoir traversé l'éternité d'une tempête. De jour ou de nuit, Manny était là sur le quai, l'œil accroché au pont des bateaux.

À peine était-elle revenue de ses émois de jeune mariée qu'elle avait été contrainte d'apprendre ceux de la solitude. Son langage avait changé, ses mots heurtant trop souvent le vide de présence. Les soupirants l'avaient fuie, affamés de sa beauté, rebutés par sa fidélité. Les hommes et les femmes de Harrington Harbour étaient tous préparés à voir disparaître les bâtiments corps et équipage, sauf Manny qui avait sincèrement cru en l'immortalité de ses amours. Mortelles mais éternelles, avait-on tenté de lui expliquer. Pas si l'éternité n'est pas partagée, avait-elle répliqué. Aucune éternité n'ayant répondu à la sienne, elle s'était concentrée sur l'immensité de son désespoir.

Manny attendait son fantôme depuis exactement vingt-huit ans et avait allumé un fanal devant sa maison, qu'elle n'avait jamais éteint. Il était important que son homme puisse la retrouver. Mais personne ne lui avait dit que sa solitude, à son image, s'alourdirait avec les ans. Maintenant qu'elle avait franchi la cinquantaine, Manny étouffait sous le poids de la vie, aussi avait-elle décidé de louer une chambre à des visiteurs, ne fût-ce que pour entendre leurs pas ou leur ronflement fuir par les fenêtres ouvertes et faire des duos avec les moteurs de chalutiers qui pétaradaient aux aurores.

Alex était le plus intéressant de ses visiteurs. Grand et élancé, quarantaine élégante, fier de sa personne, il s'était rapidement ouvert, lui racontant le monde qu'il avait lu. Le petit monde. Alex préférait les criques aux baies – « On entend l'eau respirer » –, les villages aux métropoles – « Les yeux des enfants sont tellement plus beaux que les buildings » –, les étangs aux océans – « Il est préférable de voir un nénuphar que de deviner une algue » –, les oasis aux déserts – « Il faut de l'eau à l'homme et de l'homme à l'homme ».

Alex avait peur des foules et des hommes trop libres, leur préférant l'exiguïté des maisons et la cellule des sentiments. C'est parce que Harrington Harbour n'existait pas sur toutes les cartes géographiques qu'il avait voulu y venir. Les habitants n'y avaient jamais accordé d'importance, d'autant que Harrington Harbour et ses hauts-fonds étaient présents sur les cartes marines et c'est ce qui importait aux insulaires et aux marins.

– Je n'ai pu résister à l'appel de votre île. Quel joyau ! C'est vrai qu'en hiver elle devient presqu'île à cause des glaces ?

– Oui. L'hiver nous libère.

Manny avait enfilé sa robe verte pour le plaisir de se voir vivante dans la glace.

– Luke, viens là.

Luke s'était arrêté, avait posé les pieds de sa brouette et pris l'enveloppe qu'elle lui tendait.

– Un secret, Luke.

Elle laissa tomber deux pièces de vingt-cinq cents dans sa main.

– Ah ! c'est vrai. Une lettre que

Luke partit à la hâte vers le bureau de poste, poussant ou tirant sa brouette sur le trottoir de bois en mitraillant le silence de l'air. Manny alla dans la même direction, marchant lentement pour ne pas attirer l'attention. À Harrington Harbour, les gens avaient des yeux assez perçants pour voir les poissons au fond d'une anse et les secrets au fond des yeux, même cachés derrière des paupières fermées ou gonflées de chagrin. Ils avaient pillé tant de secrets ; Manny espérait pouvoir garder celui d'aujourd'hui dans son coffre à trésor tant de fois visité.

Le bateau accostait au moment où elle arrivait et Manny, véritable monument du port de Harrington Harbour, se figea en regardant débarquer les passagers. Non. Pas là. Alex la surprit.

– D'où venez-vous ?

– Je me promenais et j'ai revu les petits enfants aux yeux en amande noirs.

– Les Sheltus.

– L'aîné...

– Winston...

– Winston mériterait un reportage à lui seul. Beau comme un prince. Et vous, Manny ?

– Il n'était pas à bord.

Lucy vit Paul par la fenêtre. Comme toujours, il avait sifflé devant le bureau de poste pour les informer de son passage ou de son retour. Certaines âmes du village croyaient qu'il sifflait pour appeler Luke comme il sifflait son chien, mais jamais Paul n'aurait pu commettre telle ignominie. Le soleil de ce jour était voilé par d'agressifs nuages et Luke sortit à l'avant du bureau pour lui laisser savoir, d'un haussement d'épaules, qu'il n'avait reçu aucun courrier. Paul entra quand même pour saluer Lucy qu'il avait voulu épouser lorsqu'elle avait vingt ans et dont il rêvait encore maintenant qu'il avait retrouvé sa liberté de jeune homme, ses amours étant parties patauger dans d'autres eaux brouillées.

Lucy avait toujours été sensible à ses charmes et jalouse à en mourir dès qu'une *dame Paul* apparaissait à l'horizon, la main gauche en attente d'une alliance, fermée sur un bastingage humide. Paul avait l'habitude de choisir ses dames dans un autre village, une autre île, voire d'autres pays. Marin au long cours, il s'était souventes fois exilé pour revenir auréolé de mystères que Lucy s'était morfondue de découvrir. En vain. À cause de Paul, Lucy avait vu des timbres aux couleurs aussi exotiques que la Barbade, le Brésil et les îles Canaries, aussi grises que l'Angleterre et ses îles Falkland sur lesquelles les historiques et ternes rois avaient porté ombrage. Paul avait fait des envieux chez les hommes de Harrington Harbour, parce qu'il s'était toujours permis de capturer les poissons d'autres eaux. Après une bonne quinzaine d'années à bourlinguer en eaux troubles, Paul avait déposé son sac de marin sur le plancher de sa chambre et avait permis à la dame Paul du moment d'installer des voilages brodés de canetons jaunes derrière les carreaux de la plus petite des fenêtres.

Tout le temps que cette dame Paul avait habité à Harrington Harbour, Lucy avait porté dans sa tête un invisible voile noir, veuve d'un marin bien vivant. Elle avait pleuré toutes les nuits et souri pendant le jour quand madame Paul passait chercher le courrier, poussant le landau de son rejeton Paul sur le trottoir cahoteux. À peine nés, les bébés de Harrington Harbour apprenaient le tangage sur le trottoir.

– Alors ? Pas trop froid pour lui ? Luke pourrait vous porter le courrier.

Madame Paul, gonflée d'importance et de lait, avait cessé de venir et Lucy n'avait plus été confrontée quotidiennement à sa maternité épanouie.

Paul avait racheté la chaloupe d'Emil et négocié son permis de cueillette de duvet d'eider, longtemps réservé à la famille d'Emil jusqu'à ce qu'elle s'éteigne, faute de descendance. Les cousins de Harrington Harbour les auraient tous les deux lynchés, Emil de les avoir spoliés, Paul de leur retirer le job le plus amusant de l'île. Le duvet était toujours à portée de main, requérant doigté certes, mais à portée de main tout de même, contrairement aux poissons qu'il fallait débusquer dans des fonds vaseux ou sablonneux de l'océan. Les ancêtres de ces poissons et ceux des pêcheurs avaient passé leur vie à jouer à un épuisant sinon mortel jeu de cache-cache.

Paul n'avait plus voulu faire partie d'un équipage de bateau de pêche depuis la noyade du mari de Manny, qui l'avait emmené avec lui lorsqu'il n'avait que quinze ans. Son capitaine d'à peine dix ans son aîné avait disparu alors que lui-même avait survécu à la collision, un jour de brouillard étanche et de poisse, avec un bateau de pêche commerciale qui avait coupé en deux la coque de leur morutier.

Manny lui en avait voulu, non parce qu'il lui avait appris la disparition de son mari, mais parce qu'il avait pu le faire. Elle avait préféré tuer le messager devant son incapacité à tuer un mort. Depuis ce jour, Manny ne l'avait plus regardé, ce qui était tout un exploit dans un village où il n'y avait qu'un long trottoir pour les allers-retours. Paul, qui aurait voulu la protéger jusqu'à la fin de ses jours pour se faire pardonner d'avoir survécu, avait fini par l'abandonner à ses déchirants souvenirs nécrosés.

– Alors ?

Lucy avait compris que Paul voulait connaître la décision concernant les parents.

– Alors chez maman. Elle en bas, lui à l'étage.

– Pfouou !

Paul se disait qu'il y avait des amours patientes, presque saintes. Quarante ans qu'elle avait attendu, la mère de Lucy. Quarante ans à regarder s'allumer et s'éteindre les lumières du nid d'amour de Wilbrod et Joy, perché sur le cap d'en face à côté de celles du phare.

– Alors, peut-être demain. En tout cas, bientôt. Maman trépigne et papa chiale.

– Phillip ?

– Cette fois, mon demi-frère a presque réagi.

Paul avait toujours admiré les enfants de Wilbrod qui avaient réciproquement accepté leurs existences. Phillip ressemblait tant à Lucy que personne n'avait douté de leur consanguinité. Son fils à lui, celui qui avait dormi dans la chambre aux voilages brodés, aurait-il des frères ou des sœurs ? Paul n'aimait pas particulièrement se poser cette question, d'autant que la mère avait fait une requête en déchéance de paternité, ce qui, en apparence, lui avait simplifié la vie. Mais celle-ci s'était compliquée quand l'entente lui avait ravi le sommeil tranquille. Si Paul était cool le jour, la main dans ses nids duveteux à éviter les becs des canes, ou les pieds dans ses longues bottes qui, écrasées par l'eau, lui collaient aux cuisses, il perdait son flegme la nuit à attendre le sommeil parfois jusqu'aux derniers rayons de lune. Botté, du sable plein les yeux, il partait sans se presser pêcher les pétoncles, les coquilles saint-jacques et les clams. Paul adorait les repérer aux bulles qu'ils faisaient. Il les extirpait du sable à l'aide d'un bâton pointu pour ensuite les lancer par-dessus son épaule dans un filet noué autour de la seule chambre à air de pneu de camion de Harrington Harbour, retenu à sa taille. Il se sentait puissant quand il parvenait à ouvrir un coquillage avec ses doigts et à en avaler tout rond la bête flasque et sans défense.

Un jour qu'il avait accompagné des pêcheurs de perles dans ces îles musquées, il avait été si excité d'en trouver une que, sans réfléchir, il avait avalé l'huître et la perle sous le regard coléreux des pêcheurs qui l'avaient traité de voleur. Le doigt au fond de la gorge, Paul avait vainement tenté de se faire vomir pour manifester sa bonne foi. Ses haut-le-cœur avaient été si violents qu'il s'en était presque disloqué les côtes. Les pêcheurs de perles l'avaient escorté à son bâtiment, le forçant à embarquer. Paul était parti, penaud.

À Harrington Harbour, on ignorait que Paul avait décidé de travailler seul parce qu'il était écœuré des cales de bateau et des tempêtes, qui lui inspiraient horreur. Ce qu'on ignorait aussi, c'était qu'il avait si peur du brouillard qu'il en aurait hurlé de frayeur. Paul ne voulait plus être un pêcheur ballotté, assommé par des trombes d'eau qui lui faisaient régurgiter ses vagues à l'âme. Il ne voulait pas non plus que d'autres marins remarquent qu'il n'était plus un loup de mer. C'est pourquoi on le retrouvait maintenant près des berges.

Combien de fois avait-il regardé Lucy ouvrir les énormes sacs postaux dont l'hélicoptère se délestait à proximité de la résidence de personnes âgées ? Luke attendait l'appareil et, lorsqu'il se posait au sol, il retenait sa casquette en riant. Chaque fois. Et lorsqu'il se rendait à l'héliport, il donnait un coup de talon sur le trottoir en passant près d'un panneau indiquant que les talons hauts n'étaient pas recommandés. Chaque fois. Les hommes de Harrington Harbour auraient aimé que leurs femmes portent des talons aiguilles, mais celles qui osaient en écorchaient le cuir. Quelques coquettes en avaient pourtant, troquant leur confort contre un pied joliment galbé.

À Harrington Harbour, les femmes étaient bonnes et braves comme Lucy, qui en ce moment s'arrachait les dents sur une corde dont on avait trop serré le nœud. Paul lui prit le sac des mains, parvint à l'ouvrir et le vida sur le sol.

– Alors, Paul, t'ai-je déjà dit que tes cartes postales se retrouvaient toujours sur le dessus du tas ?

– Non.

Deux des enfants Sheltus entrèrent en criant.

– Il est là !

– Où ?

– Là.

Clara jeta un furtif coup d'œil par la fenêtre, soupira et reporta son attention sur l'essoreuse à rouleaux qui écrasait justement les salopettes des enfants. Elle se charbonna le regard pour rappeler aux aînés qu'ils devaient s'occuper des plus jeunes, tira les rideaux trop étroits et trop courts et les invita soit à ramasser des coquillages sur la plage, soit à aller au quai où, ce jour-là, un voilier s'apprêtait à faire route vers Terre-Neuve. Les enfants pleins d'enthousiasme repartirent en claquant la porte. Jim fit pareil avec celle de sa chambre.

Lorsque Emil arrivait en portant son coffre d'outils, Jim savait qu'il allait lui frapper l'orgueil à coups de marteau ou lui scier un morceau de fierté avec son égoïne. Clara et lui avaient acheté cette maison d'Emil et la banque qui les avait financés menaçait de tout saisir. Jim ne savait plus où donner de la tête, surtout depuis qu'on l'avait forcé d'oublier les morues. Dès que Jim trouvait quelque dollar égaré dans la comptabilité, ce qui n'arrivait presque jamais, il tentait de rembourser aussi Emil qui avait accepté de prendre un solde de prix de vente. Mais l'appétit d'Emil, comme celui des banquiers, était de plus en plus vorace. Jim en avait des migraines si violentes qu'il se tenait la tête à deux mains avant de l'enfouir sous l'oreiller.

Emil, donc, préparait la maison à la saisie, puisqu'elle lui reviendrait – tout Harrington Harbour le savait –, en lui redonnant, à coups de pinceau ou de maillet, l'éclat d'un bâtiment lavé à l'eau douce pour le dessaler. On disait d'Emil qu'il était un Picsou pour ainsi se réapproprier la maison qu'il avait vendue, dès qu'il en aurait expulsé les Sheltus. On disait aussi d'Emil qu'il n'avait rien d'autre à faire dans la vie qu'utiliser ses outils pour les empêcher de rouiller. Emil pensait d'Emil qu'il ne savait plus comment changer l'heure du temps pour retourner en arrière au moment où il aurait pu recueillir dans ses bras une Manny fraîchement débarquée sur le quai des veuves, en perte d'équilibre comme toutes les femmes qui sentaient la terre se liquéfier sous leurs pas. Ces veuves de la mer connaissaient le seul vrai mal de cœur.

Le problème à Harrington Harbour, c'était que tous les hommes avaient des coffres d'outils plus ou moins gréés. Celui d'Emil était le plus important puisqu'il avait passé quarante ans de sa vie à réparer ce que les autres hommes avaient tenté de faire. Jamais Emil ne disait que le travail avait été mal fait, blâmant plutôt l'humidité, la mauvaise qualité des matériaux, le manque de temps, les retards de livraison, l'air, les embruns et la saison de pêche. En hiver, ils étaient tous ensemble sur le continent à bûcher et à préparer le bois pour la prochaine saison : qui pour les bateaux, qui pour le chauffage, qui pour la construction, et Emil pour les humbles cercueils qu'il fabriquait avec des planches de sapin pour les morts trop pauvres pour être allongés dans le chêne.

Emil avait réparé les brouettes de Luke à maintes reprises, depuis la toute petite de son enfance – son premier bricolage – à celle qu'il utilisait maintenant, arrachée de justesse à la dernière dame Paul qui avait hésité deux minutes de trop à savoir si elle s'en servirait pour jardiner ou comme jardinière. Emil la lui avait ravie devant les yeux de Luke, brillants d'envie.

À Harrington Harbour, une fois offerts les morceaux de gâteau, de sucre à la crème et la tasse de Nescafé, on oubliait que la bienvenue pouvait aller au-delà de la politesse. On avait tendance à abandonner les nouveaux venus à leurs espoirs, à leur nouvelle famille ou, pis, à eux-mêmes. À Harrington Harbour, rares étaient ceux qui étaient arrivés seuls, un beau matin, une poche de marin pour seul bagage. L'île avait vu plus de fiancées que de promis. À Harrington Harbour, si on acceptait un outsider, il se fondait à l'île. Sinon, il n'était pas exceptionnel de le voir emprunter une passerelle sans au revoir. C'est ce qui était arrivé à madame Paul, que les gens de l'île avaient traînée dans la médisance parce que son départ les avait privés d'un enfant. C'est ce qu'Emil souhaitait pour cet Alex qu'il calomnierait volontiers s'il s'engluait chez Manny.

Ce n'avait pas été le cas de Clara, que les gens de Harrington Harbour avait adoptée sans problème, d'autant qu'elle leur avait fait de magnifiques petits insulaires. Emil se demandait si ce n'était pas, justement, parce qu'elle avait un criant besoin d'eux et ne s'en était pas cachée, ne pouvant s'offrir le luxe de l'orgueil, qu'ils la couvaient. Emil avait déjà entendu une pourtant charitable personne chuchoter à Manny, à l'office du dimanche, que la robe que portait la petite Sheila lui allait moins bien qu'à sa Dorothy.

– C'est bien pour Dorothy de voir sa robe sur le dos de Sheila. Cela lui enseigne la générosité.

Emil prenait toujours ombrage des rideaux tirés.

La belle sauvageonne que Jim avait arrachée à sa réserve ne le prisait apparemment pas et cachait sa nichée quand elle ne la faisait pas carrément sortir de la maison, comme aujourd'hui. Emil savait que c'était jour de lessive et avait remarqué que le vieux mât utilisé comme poteau de corde à linge penchait vers l'est, poussé par l'infatigable vent d'ouest. Pendant que Clara l'épiait, il avait creusé et forcé comme un nègre pour le redresser, l'avait haubané et avait versé une bonne cinquantaine de livres de ciment pour le retenir. Puis il avait frappé à la porte pour demander à Clara d'attendre au lendemain avant d'étendre, afin de permettre au ciment de sécher. Clara n'ouvrit pas. Il décrocha donc la corde à linge et l'emporta, ne pensant pas une seconde qu'il venait de voler.

Lucy fut forcée d'admettre que son père avait été bel homme dans sa jeunesse, le vieillard assis devant elle portant encore fièrement une tignasse blanche sans aucun fil de couleur. Il avait le visage taillé par le temps comme une sculpture de bois animée à coups de ciseau. À Harrington Harbour, on disait que s'il avait été américain, c'est lui qui aurait fait le plus beau Rhett Butler. Lucy aurait aimé l'aimer, mais ce père, pourtant presque voisin, lui était complètement étranger. Comment son frère Phillip avait-il osé lui proposer de le prendre chez elle ? Elle avait emmené Luke pour vider cette maison dans laquelle elle avait toujours refusé d'entrer et s'était heurtée à la détermination de sa mère de les accompagner.

– Pas nécessaire.

– Je me contenterai d'être utile, Lucy.

Paul avait embarqué tout le monde sur son bateau et ils avaient traversé le tout petit bras de mer qui séparait Harrington Harbour de l'île du phare. Tout étroit que fût ce bras de mer, il avait été suffisamment fort pour retenir Lucy pendant quarante ans.

La mère de Phillip, Joy, avait invité Luke et Lucy un jour d'hiver où les îles étaient jointes par la glace et que les sapins de Noël, piqués dans la neige et martyrisés par le vent, n'étaient arrimés au sol que grâce aux guirlandes de lumière entortillées autour des haubans de corde. « La sœur et le frère de notre fils sont toujours les bienvenus. » Lucy avait abhorré ces hivers qui faisaient disparaître la clôture d'eau entre son père et elle. Ce mille marin, quoique franchissable sans difficulté en tout temps, l'avait protégée. Aucune fille n'aimait savoir qu'elle n'était pas plus importante qu'une branche sucée par la mer jusqu'à la moelle et qu'on lançait au chien pour le faire courir. Donc elle avait occasionnellement expédié Luke, qui était toujours revenu en grimaçant.

– Je suis pas un simple d'esprit, je suis pas

Si la grimace était une des façons qu'avait Luke de s'exprimer, il avait aussi la parole, dont seule Lucy, ou presque, pouvait saisir l'essence. Ainsi, ce matin même, au retour de sa distribution de courrier, il lui avait dit vouloir aider au déménagement.

– Alors, je te répète, ce n'est pas le déménagement, Luke. On liquide tout dans la maison.

– Pourquoi faire ça à ton père qui

Son père leur avait ouvert sans leur sourire. Ils étaient ses ultimes huissiers, venus saisir ses maigres possessions pour les éparpiller aux quatre vents. Josephine s'était dirigée vers Wilbrod à pas pressés et il s'était croisé les bras devant la figure pour se protéger de son affection. Elle lui avait donc posé un baiser refroidi à l'arrière de la tête, dans sa toison aplatie par l'eau des ablutions. Sans consultation aucune, Lucy se concentra dans la cuisine, sa mère dans la salle de bains, et Luke dans le hangar, d'où il sortit avec beaucoup d'excitation une girouette qui avait perdu le nord.

– Je voudrais que

Wilbrod lui avait dit de la prendre, que de toute façon elle lui ressemblait. Lucy brisa un verre dans l'évier ; Luke, lui, était tout heureux. Jamais on ne lui avait dit qu'il ressemblait à un coq.

– Je savais pas que

Josephine avait apporté un sac à ordures et sentit le contenu de tous les flacons et les fioles de la disparue avant de les jeter avec joie. Elle ne conserva qu'un parfum payé très cher, comme l'indiquait encore l'étiquette, et les articles de toilette de Wilbrod, après s'être frotté les joues avec un blaireau aux soies rasées par l'usure, avoir longuement humé la crème à raser et une vieille bouteille de Old Spice rouillée au parfum éventé.

Paul était revenu les chercher tous les quatre, mais Wilbrod avait refusé d'embarquer, sa chambre étant encore intacte. Josephine lui avait tendu la main en l'implorant de la suivre.

– On va enfin s'installer dans nos souvenirs, Wilbrod.

Lucy avait soufflé. Sa mère avait une façon de tourner les phrases qui l'énervait. Leurs souvenirs n'étaient plus communs.

Ils accostèrent dans la tourmente. Leur *Canadian Ranger*, David, le seul représentant de la loi sur l'île, était aux prises avec une rarissime crise majeure. Non seulement Jim avait assommé Emil d'un coup de batte de base-ball en plein trottoir, mais il l'avait ligoté avec la corde à linge d'Emil, arrachée au poteau que Jim avait scié. Il avait aussi fracassé les fenêtres, tiré et arraché les rideaux et s'apprêtait à mettre le feu à la maison quand les voisins affolés étaient venus au secours d'Emil, inconscient.

David, qui partait à la pêche, dut accourir le plus rapidement possible et avait demandé qu'on conduise Emil à la clinique.

– Cet enfant de chienne a enlevé notre corde à linge. Un lundi ! Savez-vous combien de linge Clara doit étendre le lundi ?

Les voisins s'étaient regardés. À Harrington Harbour, on n'aimait pas les gens qui enlevaient la corde à linge d'une famille de sept enfants.

Lucy n'aspirait qu'à la paix, mais cette semaine-là elle n'avait plus eu une seconde de tranquillité. Les gens de Harrington Harbour ne savaient plus où porter leur attention. Les enfants Sheltus s'étaient présentés au pique-nique du terrain de jeux sans lunch, forçant la monitrice à puiser dans ses propres poches pour les nourrir. Emil avait été conduit à l'hôpital en hélicoptère, victime d'une commotion cérébrale et, on l'avait découvert là-bas, d'un écrasement du larynx (Jim avait presque avoué avoir tenté de l'étrangler – « J'ai dû, mais je ne m'en souviens pas » – avec la corde à linge avant de le ligoter), sans parler d'une luxation du poignet droit, « tordu jusqu'à ce qu'il me demande pardon ». Et, pour couronner le tout, Wilbrod avait accepté de quitter sa maison à la condition de pouvoir installer son lit et son mobilier de chambre chez Josephine.

– Je veux mon mari. Pas sa chambre nuptiale.

Lucy s'était dit qu'elle se serait bien servie de la corde à linge, elle aussi. Même à quatre-vingt-dix vénérables années, son père avait encore le don de brouiller toutes les eaux. À Harrington Harbour, on se demandait s'il était bien sage de laisser deux vieillards sans surveillance. On croyait que Lucy devrait faire preuve de plus de charité. Lucy, elle, savait que son compte de charité était maintenant sans provisions.

Elle était exaspérée par le va-et-vient des gens qui entraient dans le bureau de poste pour acheter un ridicule timbre ou poster une seule lettre et mettre une heure à le faire. Elle était étourdie de conseils et de commentaires – « Un vrai crime : pauvre Clara » « Emil l'a cherché » – et ne savait que faire pour demander aux gens d'attendre que le brouillard se dissipe. Que David démêle les choses entre Jim et Emil.

Les gens de Harrington Harbour étaient d'avis qu'une mère de sept enfants sans corde à linge était plus à plaindre qu'un fabricant de cercueils avec une prune sur la tête, la pomme d'Adam en compote et la main droite dans le plâtre.

Lucy mit la clef dans la porte du bureau de poste, un pâté au four pour Luke, et se rendit au haut de la colline voir le continent et la terre ferme afin de reprendre pied. Puis, alors que le soleil se rapprochait d'elle, Lucy alla à son tour se réfugier dans la grotte Marguerite où elle tomba sur Jim. Elle avait toujours eu du mal à partager son antre La grotte était l'endroit le plus isolé d'un village isolé. On pouvait y être sourd et aveugle.

Lorsque Lucy et Luke étaient enfants, ils y venaient pour jouer. Très jeunes, ils étaient prince et princesse et elle avait juré à Luke que, si elle l'embrassait comme le faisaient toutes les princesses avec les crapauds, il pourrait vider sa tête de son vide pour enfin la remplir d'idées, de mots et de chiffres. Si elle l'embrassait, il deviendrait comme elle.

– J'ai encore un grelot dans la tête, Lucy, qui

– C'est parce que je suis pas une vraie princesse.

– Ah ! c'est vrai. Une princesse que

Délaissant les contes de fées, dès qu'ils eurent compris ce qu'était être jumeaux, ils jouèrent à renaître. Dans cette caverne. Lucy et Luke reprenaient la position fœtale avant de s'étirer et de sortir par l'entrée en se tortillant et en poussant des vagissements. Parfois Lucy faisait naître Luke le premier, espérant qu'il deviendrait comme elle une heure ou un jour, peu lui importait, mais elle voulait que son jumeau puisse prendre un livre et lui lire une histoire ou qu'il puisse rendre la monnaie du dollar.

– Alors, un dollar moins un cent, Luke ?

– Je paie avec un dollar et j'attends la monnaie. Parce que

Même en renaissant le premier, Luke ne pouvait lire, mais il lui décrivait toutes les images en y voyant mieux qu'elle. Luke était capable de connaître la pensée des personnages alors qu'elle était meilleure pour la parole.

– Le petit garçon Paulo, dans l'histoire, il pleure parce qu'il a peur de

– Je sais ça, Luke. Sa mère va le disputer.

– Non, il a peur de la chagriner. La mère pleure déjà tout le temps à cause de Paulo. La sœur aussi. Tout le village sait que

– Paulo n'a pas de sœur.

– Ah ! c'est vrai.

Quand ils avaient atteint l'adolescence et que Lucy avait eu son premier amoureux, Luke n'avait pas compris qu'elle veuille l'exclure de la caverne, aussi avait-il dressé des embûches, plaçant des branches de rosiers, surtout, devant l'ouverture.

– Tu n'as pas le droit de passer mes *Rosa rugosa*. Tu vas te faire mal, mais lui peut si

Hélas tous les Ali Baba et les pirates du village qui ne pouvaient plus se rendre dans la grotte sans se blesser se fâchèrent et mirent le feu aux brindilles, ce qui les fit tous punir.

On aurait juré que Jim avait lu les pensées de Lucy parce qu'elle devina, dans la pénombre, qu'il était lui-même recroquevillé en position fœtale, la tête posée sur ses genoux repliés contre son énorme poitrine.

– Alors, Jim ?

Ne l'ayant pas entendue venir, il sursauta et répondit en grognant que la place était occupée. De toute façon, Lucy allait sortir, n'ayant pas envie de se retrouver seule avec Jim. La douceur de la caverne appartenait à elle et à Luke.

– Alors, je reviens plus tard.

À peine avait-elle quitté l'entrée de la grotte qu'elle entendit Jim fracasser une bouteille contre le mur.

– Je suis un homme pourri ! Un mari pourri ! Un père pourri !

Lucy s'éloigna en courant. La grotte de Jim ressemblait davantage à une mer déchaînée alors que pour Luke et elle, elle était huileuse. À Harrington

Harbour, si on pardonnait l'ivresse, on ne savait que faire devant un ours blessé.

Manny avait tiré les lettres les moins payantes du jeu de Scrabble et regardait le sourire ravi d'Alex qui, apparemment, en avait de meilleures. Alex était un homme de tout repos, ce qui, Manny en convint, était différent mais – elle l'admettait aussi – ennuyeux par moments. Il était si bien élevé, si poli, si parfait, qu'il faisait tache sur une île où le vent échevelait les maigres buissons et les moutons de mer. Ensemble ils avaient fait le tour du monde trois fois plutôt qu'une. Était-il en Europe qu'Alex quittait la France pour l'Angleterre, puis l'Angleterre pour la Hongrie. En Asie, Manny pouvait presque différencier un Japonais d'un Chinois, d'un Cambodgien. En Océanie, ils avaient survolé l'Australie pendant des heures, prenant à peine le temps de faire un voyage en pirogue en Nouvelle-Calédonie et de voir les agneaux de Nouvelle-Zélande. Alex connaissait tous les noms de toutes les mers du monde, mais il ne connaissait pas la mer. Alex était propre et ne sentait pas le poisson, ce qui avait d'abord reposé les narines de Manny. Maintenant, elle aurait aimé flairer chez lui un parfum d'iode. Personne n'était parfait. L'homme qu'elle attendait riait fort, avait la barbe piquante et pétait. L'homme qu'elle attendait n'avait jamais connu d'autres mers que celle qui se traînait à sa porte, mais il l'aimait tant qu'il avait choisi de mourir dans ses bras, disait-on. Manny ne le croyait toujours pas. Mais l'homme qui lui reviendrait aurait les sourcils épais et blancs, les dents jaunies par la fumée de sa pipe et les mains calleuses. Alex disait « votre Neptune » ou « votre Poséidon tenant son trident ».

Tout ce qui l'avait intéressé chez Alex la laissait maintenant presque indifférente et, quand il lui demandait un nuage de lait dans son thé, Manny se demandait s'il avait déjà bien regardé la beauté des nuages pour ainsi appeler une flaque blanche échappée dans une eau brunâtre. Mais une solitude à demi comblée ne laissait plus, quant à Manny, qu'une demi-solitude.

Un jour, elle s'autorisa la curiosité de lui demander ce qu'il était venu faire à Harrington Harbour et Alex lui retourna la question en l'interrogeant sur la pièce de la maison qu'elle tenait fermée à clef. « Êtes-vous la sœur d'Anne Boleyn ? » avait-il dit en éclatant de rire. Manny n'avait jamais entendu parler d'Anne Boleyn, aussi ne répondit-elle pas. De toute façon, se disait-elle, comment aurait-elle pu avouer que dans cette pièce elle conservait le passé de quelqu'un qui allait peut-être s'incarner ? Un nouveau fantôme de chair et d'os à aimer. Alex ne posa plus de questions et elle avala la sienne.

Josephine se frottait la joue ridée juste sous les yeux et savait qu'elle aurait eu moins de rides si elle ne les avait pas creusées de larmes. Elle avait cessé de se regarder dans le miroir depuis le jour où le talc n'avait plus réussi à lui donner bonne mine et qu'elle avait vu son rouge à lèvres dégouliner jusqu'au menton.

– Ton visage est froissé comme un sac d'épicerie en papier kraft, maman. Penses-tu que

Elle avait tant souffert quand elle avait compris qu'un de ses jumeaux n'embarquerait jamais dans la timonerie de la vie, ni dans aucune nacelle au demeurant, mais serait condamné à la cale, et encore. Pas une mère ne devrait se voir reproduite sous des traits innocents. Une mère devait avoir le regard tourné vers l'avenir et non condamné à butiner sur le passé. Jamais Josephine n'avait imaginé ressentir une plus grande douleur. Et pourtant... Sa pauvre Lucy était devenue la mère de son frère et la sienne aussi. Sa fille n'avait pas hésité à plonger dans les eaux tourmentées de la tristesse pour sauver sa mère de la noyade de l'âme, le matin où le destin avait vidé ses placards et son plumard. Le départ de son mari, de son Wilbrod, avait planté un nouveau dard dans sa plaie béante et égratigné celle de sa fille au passage.

Pendant des années Josephine avait attendu et surveillé les fenêtres illuminées, espérant voir s'entrouvrir une porte sur l'autre île. Jamais. Quand Manny avait perdu son mari et commencé à user le quai en l'attendant, Josephine était allée la rejoindre. Luke la suivait, poussant dans sa petite brouette une vieille poupée étêtée par Lucy. Les deux femmes unissaient leurs silences d'âme, les yeux tournés vers la mer. Lorsque le bateau accostait de nuit, elles venaient quand même. Lucy avait alors la responsabilité de surveiller son frère. Une de ces nuits au ciel bleui par la lune, Manny et Josephine avaient vu, flottant sur l'eau de l'anse jouxtant le quai, une main blanche. Elles avaient retenu un cri et regardé l'apparition. Les doigts montraient le ciel.

– Il m'appelle, avait chuchoté Manny.

Leurs battements de cœur enfin calmés, elles avaient compris que la main était un gant évadé de l'usine de poissons. Josephine s'était dit que l'attente de Manny était beaucoup plus désespérante que la sienne. Son mort à elle n'était pas mort tandis que celui de Manny n'avait probablement plus de vie. À Harrington Harbour, on racontait que la douleur des veuves pouvait rendre fou et on se demandait si

Wilbrod ne s'était pas rendu coupable de quelque crime en fuyant les enfers dans lesquels il avait précipité sa famille.

Jamais Josephine n'avait souhaité de mal à Wilbrod. C'était plutôt contre sa Joy de femme qu'elle en avait et elle attendait depuis longtemps sa disparition. Matin après matin en ouvrant l'œil elle s'était dit : « Je vis, et Joy ? »

Voilà qu'en moins d'une journée Josephine avait cédé devant Wilbrod. Comme toujours. La terre ne s'était pas encore tassée sur la tombe de la défunte que Wilbrod avait une femme pour lui seul. Les gens de Harrington Harbour avaient vu son lit démonté dans le bateau de Paul, et Josephine debout devant sa maison, prête à lui trouver un endroit où l'installer. Josephine avait toujours été accommodante. Elle avait repris sa place exactement là où elle était quand Wilbrod était parti rejoindre sa maîtresse. Pis, elle avait sorti de la naphtaline le tablier qu'elle portait ce matin-là.

Après l'installation du lit nuptial, Wilbrod lui avait demandé de ne pas en changer les draps.

– Mais, Wilbrod, il faut les laver.

– Non.

– Tu veux dire que ces draps n'ont pas été lavés depuis au moins six mois ?...

– Sept mois et treize nuits exactement, Josephine.

Ou est-ce sept nuits et treize mois ? Sept mois et treize quoi exactement ?

Il comptait les nuits de l'absence de sa femme sur le calendrier depuis le jour où il avait dû la placer. Josephine avait senti une montée de jalousie aussi vive que lorsqu'elle était dans la quarantaine et qu'elle allaitait ses bessons. Quarante ans à se consumer de l'intérieur, de la bouche au vagin. Maintenant, elle était prête à tout pour finir ses jours près de lui. Ô combien cette éléphante de mer avait été aimée par son Wilbrod ! Mais Josephine avait non pas une seconde chance, mais une ultime chance de s'entendre dire qu'elle était aimée. Elle ferait tout pour tenter de ranimer cette flamme extraordinaire qu'ils avaient eue. Comment un gardien de phare avait-il pu la laisser s'éteindre ?

Wilbrod était assis devant elle à feuilleter son album de photos. Du matin au soir il le regardait. Le jour de son second mariage. Le phare. Lui et sa deuxième épouse, Joy, à la pêche. À Noël. Phillip bébé. Aucune photo de son passage à elle dans la vie de Wilbrod. Plus d'un quart de siècle et aucune photo. Rien de leurs enfants non plus. Pas de jumeaux joufflus. Rien.

Josephine avait feint de s'y intéresser – « J'aime tout ce que tu aimes, Wilbrod » – mais chaque fois qu'elle entendait le froissement des pages qu'il tournait elle recevait le harpon directement dans le dos. Alors elle traînait son pauvre corps blessé dans la cuisine et ouvrait les portes du garde-manger qui sentait les biscuits Graham, la saumure, le café et les miettes.

Emil était de retour. Empêché de travailler, il errait dans le village du bureau de poste à l'épicerie, de l'épicerie à la pompe à essence, de la pompe à la Société des alcools, de là au port, du port à l'usine de poissons, de l'usine à sa maison, où il s'asseyait une demi-heure avant de tourner en rond. Las, il recommençait son pèlerinage. À chacune de ses sorties, il rencontrait Luke qui livrait son courrier en promenant sa girouette pour la faire admirer à tous.

– Il faudrait installer ma girouette. Sur le toit. L'ouest à l'ouest et le coq fait le reste tout seul. Il faudrait que

– Dès que j'aurai deux mains, Luke, et que mes jambes seront assez solides pour que je puisse monter dans l'échelle.

– Ah ! c'est vrai. Bientôt on

– J'espère.

Il arrivait parfois qu'Emil escorte Luke, impressionné par son sérieux certes, mais surtout par l'exactitude des nouvelles qu'il rapportait. Luke était une pêche miraculeuse pour quiconque n'osait pas retirer les filets des autres.

– Ma sœur Lucy en a trop de

– Trop de ?

– Trop de parents. Elle aime mieux un

– Et toi ?

– Je veux pas en entendre parler. Ça me dérange les idées que

Emil, comme tout le monde de Harrington Harbour, trouvait pathétique de voir la vieille Josephine étendre ses torchons de vaisselle sur la corde ou courir à l'épicerie acheter du jambon tranché à son maigre revenu. Chaque fois qu'elle sortait, elle regardait à gauche, regardait à droite et souriait soit en pinçant le linge, soit en portant son paquet de viande, la tête penchée pour retenir son bonheur de glisser. À Harrington Harbour, on trouvait quand même qu'elle rajeunissait et les hommes n'osaient dire ouvertement ce qu'ils pensaient tous : Wilbrod avait-il encore de l'encre dans le stylo ?

– Jim fait des colères, ça me fait peur. Toi aussi, maintenant, j'imagine que

– Ne lui parle pas.

– C'est que j'ai toujours les mêmes lettres à lui porter, à cause que

Parfois, sans raison, Luke déposait le pied de sa

brouette et s'asseyait sur un rocher ou se plantait devant une fleur.

– J'aime tous les *Chrysanthemum maximum* et *rubellum.*

– Tes parents sont finalement installés.

– Lucy aurait aimé la corde à linge pour son père. Pour l'étendre comme Jim t'a étendu. Lucy dit que

– Dommage.

– Et Manny m'a fait poster son secret. J'ai promis que

Emil avait pâli. Manny avait des secrets. Comment pouvait-elle avoir des secrets ? Personne de Harrington Harbour n'y réussissait. On savait tout ici, qui était avec qui, qui aimait qui, qui détestait qui, qui avait trahi qui, qui avait abandonné qui, tout.

– Un gros secret ou un petit secret, Luke ?

– Petit comme ça, dans une belle enveloppe bleue et chic. Mais j'ai promis que

Troublé, Emil avait abandonné Luke à ses marguerites et avait recommencé à marcher et à marcher, croisant Jim à deux reprises, sans le voir.

– Alors, Emil, ça ne va pas ?

– Comment sais-tu, Lucy ?

– C'est Jim qui me l'a dit. Tu ne lui as pas craché dessus.

– Enfin ! J'ai l'air d'un cracheur, moi ?

– Non, t'énerve pas.

Sans même lui demander si c'était trahir le secret professionnel que de lui parler de l'enveloppe bleue, Emil avait planté Lucy là, devant la porte du bureau de poste. Jamais, à Harrington Harbour, on n'avait entendu Emil lever le ton ailleurs que dans la chorale. Jamais.

Paul s'était longuement demandé s'il pouvait inviter Lucy à manger avec lui, sans Luke. Lucy allait partout avec Luke. En fait, ils vivaient en tandem. Il y avait longuement pensé et s'était dit que ce serait bien de profiter d'une projection de film dans la salle de l'école pour le faire. Il payerait un ticket à Luke, lui offrirait une Coffee Crisp ou un sac de chips Humpty Dumpty avec un Coke et il aurait Lucy à lui seul pour près de deux heures. Un rêve vieux de vingt ans qu'il savait avoir bousillé en permettant à madame Paul de poser les rideaux. Paul avait été si convaincu d'avoir perdu la possibilité même de révéler ses sentiments à Lucy qu'il avait accepté de courir sa chance avec madame Paul, avec le résultat que le rideau aux petits canards jaunes était apparu.

Paul avait espéré qu'il serait hissé par Lucy, mais elle avait les mains pleines de son frère et de sa mère.

De toute façon, les petits canards auraient signifié que Lucy aurait accepté de le reproduire, lui, avec ses envies de tout foutre en l'air, de voir le monde et ses femmes de tout parfum, de ne jamais poser son sac de marin et surtout, surtout, ne pas revenir vivre dans ce village de Harrington Harbour si étroit que tous ses habitants en étouffaient.

Un jour, quand il n'avait pas encore le complexe de Gulliver et que, pour lui, voyager voulait dire aller à Chevery, à Sept-Îles ou à l'île d'Anticosti, il l'avait emmenée tout près de la grotte Marguerite avec, il est vrai, la tête et le pantalon pleins d'arrière-pensées. Était-ce la brise un peu fraîche et le fait qu'elle ne portait pas de lainage, il ne le sut jamais, mais lorsque son bras avait frôlé celui de Lucy il avait fait « ah » en laissant s'échapper toutes ses arrière-pensées tant il avait été surpris par le contact de sa peau parcourue d'un frisson. On eût dit que la peau de Lucy cachait des milliers de grains de sable et il ne savait pas s'il devait la réchauffer en la prenant dans ses bras ou lui demander pardon de l'avoir emmenée si près de la grotte. À Harrington Harbour, on savait que cette grotte avait ramassé le mauvais sort qui lui avait été jeté quand Marguerite, l'ancêtre mise au banc des accusés sans jugement, s'y était réfugiée pour échapper à la mort par le froid ou par hémorragie post-partum.

Ce soir-là, à l'école, il y avait projection et Paul tournait sur lui-même et en lui-même. Deux heures pour lui faire la cour. Lui faire la cour. Il rêvait de lui faire la cour, mais comment un abruti mal dégrossi comme lui pouvait-il la faire chavirer ? Avec les autres femmes, il n'avait eu qu'à poser le plat de sa main, là, sur les reins et il avait senti leur dos se cambrer. Les femmes avaient cette belle façon de redevenir de petites bêtes sauvages qui rendaient fous les animaux. Mais Lucy avait-elle, enfouie en elle, une petite bête tapie dans sa fourrure ? Il craignait tant que non qu'il ne savait plus être animal lui-même.

Depuis qu'il s'était sans cesse évanoui par les mers pour y rencontrer des mondes qui ne vivaient pas tous dans le même siècle, Paul s'était interrogé sur tout ce qu'il avait connu. Il avait la quarantaine grisonnante et un vide de connaissances à lui donner le tournis, parce que la connaissance n'avait rien à voir avec la planète, sa terre et ses mers. La connaissance était beaucoup plus frugale, se contentant de sentiments, plus ou moins coriaces, plus ou moins clairs, plus ou moins beaux.

Il lui avait fallu se retrouver dans des mondes où les gens souriaient sans raison autre que celle de cueillir des grains de riz ou de danser près d'un feu par une nuit de pleine lune. C'était à ce moment qu'il avait décidé de rentrer au pays, à son corps défendant, pour comprendre le sourire des gens de Harrington Harbour, surtout celui de Lucy. Mais elle avait peu souri. Était-ce la présence de madame Paul qui lui avait strié le visage ? Il s'était dit que cela aurait été trop beau. Lucy n'avait d'espace que pour Luke, aussi Paul avait-il osé risquer son avenir en faisant ce bébé pour se donner un semblant de pérennité.

Depuis son retour il avait vogué d'un questionnement à l'autre. Pourquoi y avait-il de l'ennui dans un endroit aussi enchanteur ? Les gens de Harrington Harbour se disaient heureux que personne hormis eux ne sache qu'il y avait dans le golfe une perle oubliée des uns, ignorée des autres. Mais les gens de Harrington Harbour étant de Harrington Harbour, ils étaient également furieux que l'île fût oubliée ou inconnue.

Paul entendit la brouette de Luke et se retourna pour le regarder venir. Luke souriait de ce sourire dont Paul cherchait l'essence. Il l'avait donc attendu en se disant que le moment était venu de plonger. Lorsque Luke fut à sa hauteur, il l'invita à poser le pied de la brouette.

– Tu vas au film, ce soir, Luke ?

– Ah ! c'est vrai. Avec Lucy. On va s'acheter une

Coffee Crisp, du Coke et des chips Humpty Dumpty. Lucy dit que

Paul avait senti son cœur couler de déception, mais il refusa de reculer.

– Je viens avec vous.

– Oh ! Lucy va être contente. Elle va se mettre une robe. C'est que

Ce soir-là, Paul rejoignit Luke portant casquette et Lucy vêtue de sa robe des funérailles, dont elle n'avait pas réduit le décolleté avec une épingle à nourrice dorée. Paul marcha entre leurs deux silences sur le trottoir, se retenant de rire ou de pleurer, il ne savait plus.

Manny avait refusé d'aller au cinéma avec Alex s'il ne se changeait pas. Pas une femme de Harrington Harbour ne pouvait être accompagnée d'un homme portant une chemise rose et un bermuda. Manny ne voulait pas son moral sapé par les mauvaises langues. Si Alex occupait l'espace de la moitié de sa solitude, elle ne voulait quand même pas être la risée de qui que ce soit. Rose ! Impensable. Alex avait rétorqué qu'il pouvait y aller seul s'il la gênait et qu'il n'était pas si mauvais que les gens de Harrington Harbour voient autre chose que leur petit monde.

– Mais nous connaissons bien le monde, il nous arrive par bateau.

– C'est qu'il faudrait voir les îles Marquises ou l'île de la Réunion pour comprendre ce qu'est une vraie île et le grand monde.

– Paul en est revenu. Et vous n'y êtes jamais allé. Alors, de quoi parlez-vous ?

Alex avait haussé les épaules en la regardant, essayant de comprendre en quoi la tenue d'un pensionnaire pouvait la déranger. Manny s'enferma dans son sanctuaire et relut la lettre demeurée sans réponse. Elle en écrivit donc une seconde, qu'elle jeta à la corbeille. Si seulement sa vie pouvait changer de cap.

Manny décida néanmoins d'aller au cinéma et marcha derrière Paul et les jumeaux qu'elle aurait rejoints si Paul ne les avait pas accompagnés. Alex n'était nulle part en vue. De mémoire, Alex était la seule personne qui réussissait à disparaître pendant des heures sur cette île qu'on pouvait traverser en vingt minutes à peine. Elle était quand même amère de constater qu'elle l'aurait aimé à ses côtés. Alex l'irritait, surtout vêtu de rose, mais elle s'habituait à cette irritation comme elle s'était habituée à la brûlure de l'eau de mer dans les yeux, à celle des larmes et aux piqûres de moustique. Il y avait tant d'incontournables auxquels elle avait été contrainte de s'abandonner, comme cet éternel retard de son mari qui ne passait jamais à table. Alex ne s'était pas étonné de voir qu'elle dressait trois couverts. Plusieurs bons chrétiens, dont ses parents anglicans, avaient conservé cette habitude quasi biblique, ne fût-ce que pour accueillir un visiteur non annoncé ou une âme errante. Harrington Harbour avait l'habitude d'accueillir des âmes perdues en mer et de les réconforter. Manny, elle, attendait son âme errante.

On eût dit que tout le village s'était rassemblé à l'école pour survolter l'atmosphère de la grande salle. Tous les insulaires savaient qu'il y aurait de l'orage, les cris et l'énervement en étaient le baromètre. Manny se trouva une place, salua David qui était assis avec les enfants Sheltus et se glissa juste à côté d'Emil qui sursauta, jeta un regard derrière elle et sursauta de nouveau. Alex n'était pas dans les parages. Du coup, il aima l'air survolté qui avait conduit Manny près de lui.

– Ça va, Emil ? Et la tête, et la gorge, et le bras ?

– Alouette gentille alouette, chantonna Emil, le sourire imprimé sur le visage au-dessous d'un pansement.

Une vague de fous rires partit de l'arrière de la salle jusqu'à l'avant. Manny comprit et ne se retourna pas. Emil le fit et sourit encore plus fort.

Alex venait de se couler en portant une lavallière aux coques à pastilles sur une chemise rose.

On éteignit les lumières et personne ne prêta plus attention aux va-et-vient des spectateurs. On ne vit pas Alex sortir puis revenir beaucoup plus tard. Personne ne remarqua que Winston avait laissé ses frères et sœurs à eux-mêmes. Personne ne vit qu'Emil avait les paupières fermées, écrasées par le bonheur.

Seuls les cris de Jim réussirent à enterrer les pleurs de Francis, le bébé. Il cria si fort à la tête de Clara qu'elle en fut presque assommée. Depuis que sa femme était rentrée de Sept-Îles, depuis qu'Emil avait volé leur corde à linge, depuis surtout que David lui avait conseillé d'aller demander pardon à celui-ci puisqu'il avait eu la générosité de ne pas porter plainte, sa vie faisait mal. Et voilà que Clara lui avait annoncé qu'elle devait retourner à Sept-Îles parce que son ventre de femme n'avait pas cicatrisé depuis qu'on avait arraché une boule de chair avant qu'elle ne soit fille ou garçon. Clara était certaine que ses dieux l'avaient punie d'avoir forcé son ventre à démissionner.

– Quand le ventre a conçu, lui avait-elle dit, les esprits protègent déjà le germe. Si on l'arrache, comme nous avons fait, Jim, ils sont en colère et peuvent venir chercher la mère. C'est le châtiment des ancêtres privés d'éternité.

C'était maintenant à lui, Jim, de sauver sa femme, dont le corps était chaud comme le sable au soleil et les yeux si brillants qu'il pouvait les voir cligner d'inquiétude la nuit.

Il martela le comptoir de son poing, faisant hurler le bébé encore plus. Clara l'empoigna et sortit en courant sur le trottoir jusqu'à la dernière planche, puis rebroussa chemin, essoufflée, jusqu'au port. Ne sachant pas où se réfugier, elle revint vers la maison et passa devant celle de Manny. Profitant de l'absence des villageois qui étaient tous à la projection du film, elle tourna la poignée de la porte qui s'ouvrit dans la cuisine. Clara entra à pas feutrés et sut à peu près où trouver quelque argent caché pour les urgences. À Harrington Harbour, on le plaçait dans le tiroir des ustensiles ou carrément dans celui de la table de chevet. Il était inutile de laisser démolir sa maison pour de l'argent dont quelqu'un pouvait avoir un urgent besoin. Clara prit aussi une pinte de lait et des œufs dans le réfrigérateur. Elle entendit des bruits à l'étage et sortit à la hâte, paniquée à l'idée qu'on ait pu la voir. L'orage éclata enfin et elle rentra chez elle honteuse de son homme qui avait rompu l'harmonie de sa nature. Maudits étaient ses frères innus de l'avoir expulsée de la réserve. Maudites étaient ses amours. Pour amadouer ses dieux, Clara chuchota à l'oreille de son bébé des incantations dans une langue qu'il ne pouvait comprendre. Jim l'attendait, le regard hargneux.

– Où ? J'ai trouvé ce qu'il faut pour nourrir nos enfants qui sont affamés comme s'ils n'avaient pas de père.

– Tu as volé, Clara !

– J'ai pris. Et tu dois prendre aussi. La mer est pleine de nourriture. Où es-tu, Jim ? Je veux que tu déterres ta fierté.

Tout en parlant elle avait fait boire le bébé, qui avait fermé les yeux de pur ravissement.

Les aînés revinrent du cinéma, trempés et étourdissants. Jim demanda le silence tandis que Clara les nourrissait. Chez Jim et Clara, il n'y avait plus que mauvaise humeur et maux. Les enfants préféraient maintenant le sommeil à la veille, les rêves aux histoires.

Si la nuit parut calme, c'est que les gens de Harrington Harbour n'entendirent pas le ventre déchiré de Clara s'écouler goutte à goutte sur ses draps. Ne virent pas sa pâleur spectrale. Si la nuit parut calme, c'est que la rage de Jim ne dépassa pas les murs et que leur aîné, Winston, après avoir agi en aîné et endormi ses frères et sœurs, était silencieusement sorti par la porte de la cuisine pour se fondre aux ombres que les nuages dégorgés faisaient sur les quais et derrière les maisons.

Lucy ne trouva pas le sommeil. Jamais film ne lui avait paru si court. Pendant la première demi-heure, elle n'avait pu regarder l'écran, troublée par le profil de Paul qu'elle voyait du coin de l'œil. Le reste du film avait défilé à la vitesse des éclairs qui lézardaient le ciel à l'extérieur de l'école. Comment se faisait-il que Paul et elle assistent ensemble pour la première fois de leur vie à une projection ?

Lucy se posait cette question par principe, la réponse lui étant connue : elle avait évité Paul pour ne pas souffrir plus qu'elle ne souffrait. Sa vie était un siège perpétuel et elle ne pouvait supporter un autre front. L'arrivée de son père exacerbait son mépris et elle se retrouvait acculée à la compassion pour sa mère, se demandant sans cesse si elle l'avait placée devant un bourreau en cédant à la requête de son frère Phillip. Lucy était écrasée entre ses parents et ses frères.

Que la soirée avait été merveilleuse et douce. Au retour de la projection, Luke avait demandé s'il pouvait accélérer le pas.

– Trop lentement, ça mène trop tard. Et moi, il faut que

Paul et elle avaient fait craquer le trottoir pendant près d'une heure, allant du port à la pointe, de la pointe à la colline, de la colline au port. Elle aurait voulu raconter à Paul combien elle avait envie de s'embarquer elle aussi pour découvrir d'autres mers et d'autres cieux. Se perdre pour se reconnaître et se retrouver. Lui dire combien elle l'avait attendu sans qu'il le sache. Elle n'avait rien dit.

– Alors, quels sont tes projets ?

– Ramasser le plus de coquillages possible et le plus de duvet possible.

– Ça occupe.

Lucy n'avait pas dit que cela tuait le temps, trouvant que tuer le temps était un sacrilège, et pourtant c'était ce qu'elle avait été contrainte de faire. Regarder passer le temps en se demandant quand il s'arrêterait devant sa porte. Le temps avait toujours passé tout droit, devant sa porte de maison ou celle du bureau de poste, occupé à regarder ailleurs. Pas une seule incartade pour le temps. Pas de temps pour le temps de s'occuper d'elle. Il est vrai qu'elle s'était cachée derrière ses rideaux ou ses sacs postaux pour bouder le temps qui avait éloigné son père trop beau pour elle et des amours qui auraient pu êtres bonnes. Le seul temps que le temps lui avait laissé avait été celui nécessaire pour s'occuper de sa mère déprimée et de son frère qui l'avait siphonnée.

Maintenant qu'elle avait vu de près le beau profil de Paul dans la pénombre de la salle, Lucy se demandait comment faire pour arrêter le temps. Dire à sa mère qu'elle était là, faire entendre à son frère qu'elle était là, leur demander la permission de disparaître sous le duvet de Paul sans les y entraîner.

Lucy ne pouvait trouver le sommeil. Les murs de sa vie étaient si rapprochés qu'elle devait tendre les bras pour les retenir. Elle redoutait d'être broyée, à moins qu'ils ne cherchent à l'expulser comme l'avait fait le ventre de sa mère en lui demandant d'ouvrir la voie pour son frère. Elle n'en pouvait plus. Redevenir petite et être servie. Redevenir enfant et être reine du temps. Redevenir un jour qui ne soit ni veille ni lendemain.

Lucy ne pouvait trouver le sommeil parce qu'elle avait eu le nez trop près de l'after-shave de Paul, qui sentait aussi bon que les échantillons de parfums collés aux pages des magazines pour étourdir et qu'elle n'avait jamais osé s'offrir. Comme elle n'avait jamais osé s'offrir Paul de crainte de ne plus pouvoir s'en priver.

À Harrington Harbour, personne ne pouvait savoir ce qu'elle pensait, puisque personne n'avait su que l'adolescente rougissante qu'elle avait été avait fui Paul pour le convaincre de son indifférence, voire de son mépris. À Harrington Harbour, on les avait toujours éloignés, craignant qu'elle crache et qu'il morde. À Harrington Harbour, elle avait toujours été la bonne fille et lui le mauvais garçon. Et pourtant Harrington Harbour savait si bien deviner les âmes et percer les secrets. Lucy s'endormit enfin en se disant que son âme était aussi plombée qu'un coffre-fort.

Jim se roulait une cigarette après avoir ramassé les derniers petits morceaux de tabac glissés entre les planches de la table de cuisine avec un cure-dents. Plus de bière, plus de tabac, plus de nourriture.

Winston était parti à la pêche aux coquillages avec tous les enfants, sauf le bébé qui pleurait encore – ce bébé le rendrait fou – dans les bras de sa mère. Jim voyait bien que Clara allait de mal en pis. S'il avait su que même les meilleurs médecins du monde pouvaient parfois échouer, il lui aurait trouvé quelque part sur l'île ou à Chevery une femme habile à terminer les grossesses. Non. Il ne l'aurait pas fait. Sa Clara méritait les meilleurs médecins du monde et toutes leurs économies. Aujourd'hui, elle ne pouvait plus rien faire. Pas même se lever pour se laver. Il lui avait mis le bébé dans les bras et celui-ci s'agitait tant que Clara avait demandé d'installer leur matelas par terre de crainte que le petit tombe.

Jim ne savait faire autre chose que le tenir dans ses bras en disant « aaaha ! aaaha ! », ce qui ne lui remplissait pas le ventre. Le bébé avait faim, Jim le savait. Il lui aurait fallu frapper aux portes et quémander. Un père ne pouvait pas s'exposer ainsi au mépris des gens. À Harrington Harbour on attendait d'un homme qu'il travaille et mette de la nourriture sur la table. Jim avala ses sanglots. Pendant presque quinze ans, c'est ce qu'il avait fait. Clara et lui n'avaient jamais pensé que cela puisse prendre fin.

Et puis un matin, Jim en avait eu assez. Il n'avait plus trouvé une once de force pour se lever. Non. Mou comme un ver devant le poisson qui s'apprête à le dévorer. Son prédateur, c'était la vie et ses exigences. Il n'avait pas encore trente-quatre ans, sept enfants, plus de morues, aucun autre métier et pas fait d'études. Son avenir ressemblait à une petite île balayée par les vents et une femme qu'il aimait par-dessus tout mais qu'il comblait de moins en moins.

Clara ne lui demandait presque rien et tout ce qu'il lui offrait maintenant, c'était rien. On lui avait proposé de monter sur un bateau de pêche au crabe, mais il avait crâné, affirmant haut et fort qu'il irait au homard. On lui avait trouvé une place pour pêcher les petites crevettes et il avait dit : « Non merci, ça en prend trop pour remplir un estomac. » Il n'avait pas pu s'offrir les cages à homard et personne ne savait que son moteur de bateau avait rendu l'âme. Même pas Clara. Et il avait laissé traîner sur le quai son filet de pêche qui pourrissait au vu et au su de tous, sans qu'il ait assez de cœur pour le réparer.

Jim ne se reconnaissait plus. Il avait une boule de chagrin coincée dans la gorge. Monter à l'étage était devenu une épreuve olympique et Clara, la pauvre, occupait maintenant en permanence le matelas qu'elle imbibait d'elle-même.

Jim avait quitté son Maine pour le Nouveau-Brunswick, puis le Nouveau-Brunswick pour le Labrador. C'est en voulant connaître toute cette côte qui partait du Labrador pour venir mourir à Sept-Îles, au Québec, qu'il avait fait la rencontre de Clara, une toute jeune femme de deux ans sa cadette, qui l'avait enjôlé avec son teint couleur de santé et ses cheveux si doux et luisants qu'il n'avait cessé de les emmêler.

Sans doute, s'il avait pu l'aimer librement, leur amour n'aurait pas été aussi violent. Mais plus les gens de la réserve mettaient Clara en garde contre des amours avec un Blanc – « N'oublie pas, Clara, que notre loi te forcera à choisir entre lui et ton clan » –, plus ils tentaient de la retenir, plus leur amour s'était renforcé. Ils avaient donc fugué, s'embarquant en catimini sur un bateau de pêche qui les avait laissés à Harrington Harbour, le village voisin, en route pour Terre-Neuve.

Véritables Jonas crachés par une baleine, ils avaient échoué sans trop de tristesse, Jim ayant aimé ce joli village aux trottoirs rassurants et offrant la possibilité de travailler à l'usine de poissons ou à la pêche. Ce sont les gens de l'église qui avaient accueilli l'anglican qu'il était, leur trouvant refuge et vêtements. À peine avaient-ils jeté l'ancre que Harrington Harbour avait vu grossir le ventre de Clara. On avait préparé un mariage à la hâte pour donner un nom au petit enfant au teint mat qui allait poindre. Lorsque Winston était apparu, les joues d'un rose... les cheveux d'un noir... les yeux d'une profondeur... tout Harrington Harbour était tombé sous le charme et avait juré que rien de mal ne lui arriverait.

Jim aurait pleuré en repensant aux autres poupons, tous plus beaux les uns que les autres. Ses filles étaient de vraies princesses, comme leur mère, et ses garçons, beaucoup plus guerriers que pêcheurs avec leurs jambes plantées en angle dans leurs hanches, trahissant leur lointaine origine asiatique. Ils avaient été fiers, Clara et lui, de cette progéniture qui leur promettait un avenir comblé.

Puis les morues avaient été mangées par les phoques, disait-on, et les pêcheurs de phoques mangés par une meute de journalistes, partie à la chasse aux chasseurs derrière Brigitte Bardot. Tout ce beau monde s'était retrouvé le cul sur la banquise à se demander ce qui allait se passer.

Jim ne s'en était pas inquiété, puisqu'il allait pêcher le homard ou travailler à l'usine. Pendant un an ils avaient bien vécu, puis un peu moins bien, puis survécu.

Jim avait été humilié devant sa femme et surtout ses enfants. Aucun homme ne méritait de perdre la face à cause des stars et des poissons. Il n'avait pu tolérer les sept regards de confiance qui avaient bientôt exprimé la déception puis, à l'instigation de Winston, le mépris. Non. C'était trop lui demander. Il ne méritait pas d'être aimé. Il ne méritait pas d'être père.

Lorsque Clara lui avait annoncé être enceinte d'un huitième enfant, il avait viscéralement eu peur de cet enfant dont l'existence pouvait menacer la vie de son père. Avant même qu'il n'apparaisse, après plusieurs nuits d'angoisse et de pleurs, Clara et lui avaient décidé de retarder l'arrivée d'un autre bébé Sheltus. Un bébé Sheltus méritait un toit qui ne coulait pas, une table bien garnie, une mère en forme et un père qui allait gagner la nourriture pour toutes les bouches qu'il aimait. Un bébé Sheltus devait pouvoir avoir un vêtement neuf et des chaussures de la bonne pointure. Clara et lui avaient payé le voyage avec les derniers dollars qu'ils avaient. Et lorsqu'il était allé chercher sa Clara au quai, elle marchait déjà vers la maison, le ventre vide et les yeux creux, à côté de Luke qui avait mis son bagage dans sa brouette et d'un étranger qui ne lui avait même pas tenu le bras pour la soutenir. Jim avait eu peur des cernes noirs qui soulignaient les yeux de Clara. Maintenant il savait que ces traits noirs avaient annoncé les complications.

Il n'en pouvait plus de la voir attendre de lui qu'il se lève et aille au village. Chercher de la nourriture ou du travail, mais qu'il aille au village, montrer qu'il existait encore. Clara avait la fierté flétrie et le front aussi. Jim avait traîné ses pieds gommés dans l'escalier pour aller chercher le bébé dont les cris empêchaient presque Clara de vivre. Il soupira. Sa belle Clara le remercia d'un sourire si faible qu'il lui avait fallu être attentif pour le voir. Sa belle Clara qui dormait maintenant seule depuis qu'il ne voulait plus dormir près d'elle, affolé par tout le sang qu'elle n'avait plus dans son corps. Toute la nourriture du bébé qu'elle avait cessé de nourrir s'avariait dans le matelas.

Luke était pressé de porter la lettre à Manny. C'était une lettre d'homme parce qu'elle était brune avec l'adresse de l'expéditeur écrite à la main. Les lettres de femmes étaient blanches avec l'adresse de l'expéditeur imprimée sur une étiquette fournie par les amputés de guerre. Décorée d'un père Noël ou d'un bonhomme de neige en hiver, d'un oiseau ou d'une fleur en été. Il le savait. Presque tout le monde de Harrington Harbour en avait de pareilles parce que, ici aussi, il y avait eu un amputé de guerre, à moins que ce ne fût un enfant qui avait donné sa jambe au cancer. Qu'importe. Même Lucy en avait et elle connaissait les étiquettes d'expéditeurs parce qu'elle avait toujours travaillé au bureau de poste et que les lettres, ça la connaissait. Manny avait collé un oiseau cardinal sur l'enveloppe bleue. Luke l'avait remarqué parce que ça faisait un drôle de contraste.

Il salua Winston qui avait la mine abattue et qui arrivait de l'épicerie en tirant sa voiturette où étaient assises Debby et Dawn, portant chacune un sac rempli de provisions. Il y avait belle lurette que Luke n'avait vu d'aussi belles provisions.

Winston lui grimaça un sourire et Luke détourna le regard. C'était un faux sourire. Il avait compris depuis longtemps que beaucoup de personnes lui faisaient de faux sourires. À Lucy aussi quand elle était avec lui. Le père de Lucy lui en avait toujours fait. Sa mère, chaque fois qu'elle lui avait dit qu'il était beau. Elle mentait et il savait maintenant que le sourire s'adressait davantage au vêtement qu'elle lui avait cousu ou acheté. Mais lorsqu'il apportait une lettre ou un colis, là, il voyait de vrais sourires. Et de vrais sourires lorsqu'on lui remettait son pourboire. En revanche, quand il apportait les mauvaises nouvelles de l'électricité ou du téléphone, il ne recevait ni pourboire ni sourire. Et si par malheur il apportait la mauvaise nouvelle trois fois, on ne lui ouvrait pas et il la glissait sous la porte ou dans la fente de la boîte aux lettres quand il y en avait une, mais le plus souvent il n'y en avait pas. C'était comme ça à Harrington Harbour. Les mauvaises nouvelles, on les jetait aux ordures et personne ne pleurait de les voir brûler sur l'île aux rebuts. Par contre il avait vu pleurer quand les plus que mauvaises nouvelles étaient qu'on coupait l'électricité dans une maison et qu'on ne pouvait plus regarder la télé ou prendre une douche chaude. Pour le reste, ça n'était pas trop mal, les gens d'ici étant habitués aux cabines de bateaux. Il y avait même quelques maisons qui avaient attendu longtemps avant de se brancher sur les poteaux. On pouvait se chauffer au bois et s'éclairer à l'huile comme à la pêche des grands-pères. Ça n'était plus de l'huile de baleine, mais c'était une huile qui éclairait et c'est ce qui importait.

Luke croisa Emil qui n'avait plus de pansement

sur la gorge, mais toujours son beau plâtre blanc recouvert d'un sac de plastique transparent pour qu'on puisse le regarder sans le salir. Il aurait pu mettre au bout de son bras une petite pancarte disant de ne pas toucher comme celles qu'il collait pour empêcher qu'on touche à la peinture fraîche. Luke aurait aimé avoir un plâtre, pour que ses clients écrivent dessus. Il n'avait pas été assez chanceux et ne s'était jamais rien cassé. Tout se cassait au moins une fois à Harrington Harbour, les lunettes, les toitures, les vitres, les moteurs de bateaux, les mâts, les filets de pêche, les tout-terrain, les planches du trottoir. Lucy s'était cassé une dent. Pas lui. Sa girouette, qui attendait qu'Emil l'installe, s'était cassé le nord. Mais les pires cassages, c'étaient ceux des mariages. Lucy lui avait bien expliqué que son père avait cassé celui avec leur mère. Tout le monde savait que les hommes de Harrington Harbour étaient forts et qu'ils pouvaient tout casser.

En apercevant Emil, Luke avait enfoui dans sa poche la lettre brune qu'il tenait à la main. Emil, qui comprenait toujours tout, tendit la sienne en disant « Fais voir, Luke ».

– J'ai rien à faire voir et je suis pressé parce que

Et pour tromper Emil il rebroussa chemin et partit en sens contraire. Ce qui l'énervait depuis qu'il était tout petit, c'est qu'il n'avait jamais été capable de formuler des mots-répliques et qu'il devait travailler fort pour trouver des mots-réponses aux questions, plus longs que oui et non. Et s'il disait « Il faut que j'y pense », tous ceux qui n'avaient pas encore la permission de se promener le soir plus tard que dix heures éclataient de rire de l'entendre dire qu'il savait penser. Alors ça recommençait. Il n'avait pas de mots-répliques. Quand il était petit et sans barbe encore, il préférait pleurer plutôt que de dire qu'il n'avait pas de mots. Quand il eut de la barbe et un rasoir, il comprit que ce n'était pas nécessaire d'avoir des mots pour tout dire. Et même s'il ne disait pas tout, il savait qu'on le comprenait. À cause que

Là, par contre, il avait presque peur d'Emil qui marchait derrière lui en disant qu'il savait qu'il avait une lettre pour Manny et qu'il ne voulait pas la prendre. Non, non qu'il disait, juste voir d'où elle venait. Même cachetées, les lettres parlaient. Lucy le lui avait expliqué. Le timbre parlait et les adresses parlaient. L'adresse de la personne qui écrivait et celle de la personne qui lisait. Mais les lettres qu'il portait à la poste ne disaient quand même pas où était son île. Ne disaient pas qu'elle était dans le golfe Saint-Laurent qui était déjà aussi large qu'une mer, pas plus qu'elles ne disaient qu'ils devaient attendre les bateaux pour la nourriture et les meubles, et l'avion pour le courrier. Non, les timbres et les lettres ne disaient rien de ça. Lucy lui avait expliqué qu'il y avait aussi le cachet de la poste. Ça, il avait mis du temps à le dire. Le cachet de la poste. Voilà. Le cachet de la poste. Maintenant il pouvait le dire sans bégayer. Le cachet de la poste. Il pouvait même l'expliquer. C'était une espèce de rond qui disait l'heure qu'il était quand ceux qui travaillaient derrière les boîtes aux lettres avaient vu l'enveloppe passer par la fente. Compliqué, le cachet de la poste, mais des fois, lui avait aussi expliqué Lucy, c'était très important. À cause des dates. « Comme en fait foi le cachet de la poste. » Ça aussi il avait appris à le dire, mais il y avait mis du temps et n'avait jamais compris pourquoi le cachet de la poste avait permis au fils de George de participer à un quiz à la télévision. Il avait gagné une automobile qu'il avait revendue parce qu'il n'y avait pas de rues à Harrington Harbour. Il avait pris une partie de l'argent pour payer l'avion qui l'avait conduit dans la ville du quiz et payer son restaurant. Il avait aussi offert un tout-terrain à son père et une belle laveuse automatique à sa mère. Il avait payé toutes les mauvaises nouvelles de la famille et un bateau neuf avec un moteur Evinrude quarante forces.

– Luke, montre-la. Je ne la prendrai même pas dans mes mains. Je ne veux pas y toucher.

– Non, c'est le secret pro-fes-sion-nel que

– Montre.

De guerre lasse et la tenant à deux mains devant son visage fermé, Luke montra l'enveloppe à Emil qui, y lisant le nom d'un homme, se rembrunit et céda le passage à Luke pour qu'il puisse la livrer. Luke partit à la hâte pour être certain qu'Emil ne la lui arracherait pas des mains pour la déchirer.

Il lui arrivait parfois d'avoir peur en étant facteur. Depuis des jours, Jim le terrorisait parce que chaque fois qu'il frappait à la porte il l'entendait hurler et Clara lui répondait sans ouvrir.

– Qu'est-ce que tu apportes, Luke ?

– Une mauvaise nouvelle.

– Rends-la à Lucy.

Maintenant, elle ne répondait même plus. Parfois Luke voyait Jim l'observer derrière le rideau d'une chambre en haut. Jim n'allait plus jamais à la pêche et les gens demandaient à Luke où il était.

– Dans la chambre en haut. Les enfants crient en bas. C'est que

– Crient ?

– Oh oui ! et le soir, en haut. Winston est écœuré. Il va se promener. Je sais pas s'il a la permission parce que je pense qu'il a treize ans. Je sais pas où est Jim le soir. En haut ou en bas. Peut-être qu'il fait le repassage, à cause que Clara

– Clara ?

– Elle a un mal de chien depuis

Il lui arrivait d'être fier en étant facteur. Comme aujourd'hui chez Manny, qui avait dit « non », puis « oui », puis « attends que je lise », puis « oh mon Dieu ! » avant de lui donner pas un, pas deux, pas trois, mais dix dollars. Dix dollars pour une enveloppe brune qui venait d'un homme.

– Luke ! je vais mourir.

– Comme Clara si ça continue de

– Clara ?

Curieusement, à Harrington Harbour, on regardait parfois tous ensemble dans la mauvaise direction. Comme cette fois où tout le monde était resté dans les maisons à cause d'une tempête épouvantable. Personne n'avait vu les fusées de détresse d'un bateau qui s'était crevé la quille sur le récif juste à côté du port. Il y avait de ces jours maudits. Même sur une île aussi jolie que celle-ci.

– Joy ?

Josephine avait sursauté. Voilà que Wilbrod venait de l'appeler Joy. Le pauvre homme. Josephine avait remarqué que certains jours c'était comme s'il y avait de la moisissure sur son cerveau. Pas partout. Qu'ici et là. Tantôt il avait retrouvé la vigueur de ses harangues, tantôt non seulement il l'appelait Joy, mais il avait la voix fragile d'un enfant qui craint les monstres cachés sous son lit.

– Joy n'est pas là, Wilbrod.

– Joy...

Josephine ne savait pas comment réagir à cette méprise. Parfois le regard de Wilbrod était si vide qu'elle se demandait s'il y avait encore de la vie dedans. Puis il clignait des yeux, se secouait la tête et reprenait sa vie exactement là où il l'avait laissée, sur un coin de table ou devant la télé. Wilbrod avait des interludes. Elle n'osait en parler à Lucy, redoutant qu'elle lui dise : « Mais tu me parles de quoi, maman, il était bien, non ? » ou, pis, « C'est ce que je craignais, maman, tu ne peux pas t'occuper de lui toute seule ». Josephine le voulait à elle toute seule. Le regarder ne rien faire. Le regarder ne rien penser. Le regarder ne rien regarder. Être tout près même lorsqu'il était dans le vide.

Wilbrod avait été le mât et elle, la coque. Lui, le capitaine ; elle, le cuistot. Et le jour où le capitaine avait abandonné le navire à sa tourmente, elle s'était retrouvée à la flotte, perdue et ballottée par les vagues, assommée par les chaudrons qui s'entrechoquaient sur sa tête.

Josephine s'assit près de lui et lui caressa longuement la main. Ses beaux doigts étaient maintenant noués et ses ongles trop longs.

– Joy te coupait-elle les ongles, Wilbrod ?

– C'est sûr.

– Et elle te coulait toujours le bain, comme je fais, Wilbrod ?

– Joy.

– Et elle te coupait les cheveux ?

– Oui.

– Viens, Wilbrod, c'est l'heure de la barbe et du bain.

– Non.

Il était sale de sa crasse grasse. Il n'y avait rien de pire que la chaleur pour faire exsuder toutes les poussières enfouies par les ans dans les replis du cou. Et les replis de Wilbrod s'étaient multipliés.

– Joy me dit de te dire de te laver. Elle te veut beau, comme toujours.

– Joy ?

– Elle me dit de te dire qu'elle aimerait mieux que tu l'appelles Jo.

– Jo ?

– Oui.

Luke entra sans frapper, se dirigea vers sa mère, prit de ses nouvelles et lui demanda comment se portait le père de Lucy. Wilbrod avait haussé un sourcil avant de répondre qu'il lui semblait bien qu'il n'avait pu être le père d'un idiot. Luke grimaça et se servit un verre de lait et un cookie à la farine d'avoine.

– Enlève ta casquette, Luke.

– Non, maman, pas quand c'est le temps de

– Comme tu voudras.

Puis il avait dit « À demain, maman », la bouche pleine, les miettes accrochées à son pull marin, beaucoup trop chaud pour la saison.

– Tu n'as pas chaud, Luke ?

Il avait fait oui de la tête, pressé de sortir. Josephine le regarda par la fenêtre jusqu'à ce qu'elle le perde de vue. Elle soupira et dodelina de la tête.

– Et si on lui avait pincé le cou quand il est né ?

Elle sursauta. Wilbrod était descendu de la lune et venait de la ramener à côté des tiroirs dans lesquels elle avait couché ses bébés. Wilbrod lui avait alors demandé s'ils allaient vivre et elle avait répondu qu'elle ne le savait pas. Elle ne le savait toujours pas.

Alex regardait Manny écraser contre sa poitrine la lettre livrée par Luke. Elle souriait, riait, retenait des sanglots, puis riait encore. Manny était un curieux cas. Bonne comme du bon pain dont on aurait un peu trop pétri la pâte. Elle n'avait fourni aucune explication, se contentant de répéter : « Si vous saviez, si vous saviez. » Il aurait bien aimé savoir, mais, apparemment, elle était avare de confidences.

Manny s'enferma à double tour pour faire un appel et Alex résista à l'envie de soulever le second combiné. Elle revint, les larmes déjà cristallisées sur ses cils et répétant : « La vie peut être bonne. » Alex n'y saisit rien, comprenant plutôt que Manny se plaisait à compliquer une chose déjà obscure. C'est ce qu'il avait toujours détesté. Les adultes, même les insulaires d'ici, engoncés dans des vagues, compliquaient tout et ne disaient rien. Tous les adultes étaient pareils et Alex se demandait quand était arrivé ce moment. Ce moment où ils avaient abandonné le jeu pour plonger dans la vie sans crier gare. Il avait toujours gardé une profonde nostalgie de son enfance. Il avait du dédain pour sa poitrine velue, ses cheveux qui se dégarnissaient effrontément, les varices qui lui zébraient les jambes, juste derrière le genou. Il éprouvait de la répulsion pour son sexe qui, excité, perdait toute son innocence et sa douceur. Ce qu'il aimait à Harrington Harbour, c'était l'absence de rues et de vitrines. Il ne voyait jamais son reflet dans les vitres. Il se sentait libre comme un elfe aux sentiments éthérés.

Ce soir-là, Manny pria Alex de la laisser attendre le bateau seule. Lorsque la coque vint embrasser le quai, Manny avait abandonné sa position de statue et s'était assise sur une bitte, les épaules tombantes, les mains posées l'une sur l'autre tout près de son ventre, un sourire aux lèvres.

– Hé Manny ! T'as perdu ton piédestal !

– Hé Manny ! As-tu mal aux jambes ?

– Hé Manny ! Qu'est-ce qui t'arrive ?

Manny n'écouta qu'à moitié, l'œil soudé à la passerelle qu'empruntaient les passagers aux yeux bouffis. Non. Il n'était pas là encore et Josephine n'était pas venue non plus, trop occupée à aimer son Wilbrod. C'est la charmante excuse qu'elle avait trouvée pour justifier son absence et Manny l'avait enviée. Oh ! combien elle l'avait enviée. Lui faudrait-il attendre encore plus d'un quart de siècle pour retrouver une aisselle poilue, une joue de velours le jour, d'émeri la nuit ?

Elle rentra lentement chez elle, goûtant chacun de ses pas, et tomba nez à nez sur Winston, l'œil exorbité.

– La clinique.

– Fermée.

– Ma mère.

Ils se précipitèrent chez une des infirmières – personne à Harrington Harbour n'avait de respect pour le sommeil lorsqu'il y avait urgence –, frappèrent d'abord discrètement avant que Winston perde patience et martèle la porte du heurtoir avec tant d'énergie qu'il l'arracha.

On vit le voisinage s'allumer en quelques secondes et une rumeur inquiète se répandre.

– Qu'est-ce qui se passe ?

– C'est pour l'infirmière.

– Pour qui ?

– Clara.

– Elle est sortie.

– Où ?

– Peut-être dans la grotte ou à la plage, peut-être pas.

Les lumières ne s'éteignirent pas. Au contraire. Les gens sortirent en peignoir ou en nuisette, prêts à chercher l'infirmière.

Manny fut la première rendue à la grotte. Elle éloigna Winston et chuchota dans l'ouverture qui servait de portique.

– C'est Manny. Clara est très malade.

Elle entendit murmurer et bouger à l'intérieur. Elle promit de garder les gens à distance, de façon à permettre à l'infirmière de sortir, mais aussi à l'autre personne de s'esquiver. Elles partirent à la hâte.

– Pourquoi aller à la grotte quand on a une maison ? lui avait soufflé Manny d'une voix aussi pressée que leur allure.

– Parce que j'ai des voisins.

En moins de dix minutes l'infirmière, échevelée, le visage abrasé par un frottement de barbe, avait ramassé sa trousse et était auprès de Clara qui, cireuse, parlait difficilement. Jim, catastrophé, tentait de répondre aux ordres de la jeune femme au chevet de la sienne.

– L'hélicoptère. Tout de suite, monsieur Sheltus.

Jim paniqua. Il n'avait plus le téléphone. Manny partit donc à la course chez elle pour appeler.

L'air de la nuit fut encombré pour presque tous les insulaires qui habitaient le sud de l'île. L'hélicoptère se posa, réveillant tous les pensionnaires de la résidence *L'Escale*, et le personnel infirmier, véhiculé par les tout-terrain, emporta Clara qui demandait faiblement qu'on lui pardonne de troubler le sommeil des gens. Jim voulut l'accompagner mais faisait du surplace, désemparé.

– Pas d'argent. Personne pour les enfants.

– Je vais rester avec eux.

Jim avait regardé Manny, étonné, puis soulagé.

– Vrai ?

Elle se contenta de hocher la tête. Il fourra leurs pauvres vêtements élimés dans le vieux sac que Clara avait apporté de la réserve quand elle l'avait suivi et dont presque toutes les petites perles de verre étaient arrachées. Il partit à la course sans embrasser les enfants ni saluer Winston qui se tenait debout devant la maison, troublé. Winston mit la main dans ses poches et en sortit une liasse qu'il tendit à son père. Jim fut choqué.

– D'où ?

– C'est pour maman.

Le lendemain matin, les enfants cherchèrent leurs parents. Emil et Alex avaient dévalisé le garde-manger de Manny et vinrent porter des provisions pour les nourrir. Se méprenant sur le regard courroucé de leur aîné, les enfants bousculèrent Emil en direction de la porte.

– C'est ta faute.

Emil ne répliqua rien, se contentant maladroitement de vider les sacs sur le peu d'espace libre du comptoir. Manny n'avait pas mesuré la profondeur de l'indigence dans laquelle était tombée la famille Sheltus. À Harrington Harbour on se visitait peu en été, profitant de la belle saison pour jouer dans l'eau et dans l'île. Il est vrai que peu de gens rendaient visite aux Sheltus pour ne pas encombrer davantage la maisonnée. Il est vrai aussi qu'ils étaient tous un peu gênés, soit de les savoir redevables, soit de reconnaître un de leurs dons sur leurs dos ou dans la maison. Mais les réels plaisirs et la vraie liberté, c'est en hiver que les insulaires pouvaient en jouir, la glace les reliant au continent. Ils allaient en motoneige, jouaient au hockey, passaient des nuits blanches malgré la noirceur du ciel à jouer aux cartes ou ouataient les courtepointes. Personne encore ne visitait les Sheltus, dont les enfants s'amusaient seuls sur les pentes douces de la colline avec un vieux toboggan rapporté de la réserve par leur mère. Ils n'avaient plus de motoneige, mais on les faisait monter sans s'interroger. Les Sheltus jouaient peu aux cartes, trop occupés à mettre les enfants au lit, et Clara, presque toujours enceinte, n'avait pas envie de faire des courtepointes, trop occupée à repriser les vêtements des enfants.

– Je devais aller à l'épicerie ce matin.

– Tu iras une autre fois, Winston. Mange tes *pancakes*.

Sans porter d'accusations, Manny crut deviner où était passé son lait et qui avait cassé ses œufs.

À Harrington Harbour, la perpétuelle bataille contre la nature avait fait des gens forts. Forts devant le déchaînement des éléments, forts quand la vie faisait de profondes entailles en mordant dans la chair de certaines familles. Dans ces moments, les coudes se serraient.

Le président du Comité local, une sorte de maire sans titre, convoqua ses femmes de confiance, les hommes étant presque tous au large. En moins d'une journée, le garde-manger fut rempli ; les vêtements qui échappèrent au bûcher de l'île aux rebuts, lavés, repassés, pliés ; le réfrigérateur et le congélateur, nettoyés et garnis ; la cuisinière, récurée. On avait trouvé des draps sans trous, des robes bain de soleil, des sandales, des langes. Paul et Lucy avaient ramassé tous les duvets qui s'étaient échappés de la boîte grillagée pour remplumer les oreillers. Quant à Luke, après avoir cherché à attraper le duvet qui volait sans être retenu aux canetons, il faisait la navette entre les maisons et celle des Sheltus, apportant ce dont on avait réussi à se départir, parfois avec un pincement.

– Alors, Luke, il faut qu'on aille rouvrir le bureau de poste.

– Ah c'est vrai. Mais j'ai vu des cartons qui

– Alors, ramasse-les en route. Nous reviendrons ici plus tard.

Les nouvelles de l'hôpital n'avaient rien d'encourageant et les gens se réunirent à l'église. Harrington Harbour ne pouvait humainement pas s'offrir sept orphelins et tous redoutaient qu'ils ne soient séparés.

– Ils ne peuvent plus retourner sur la réserve, non ?

– Je crois la loi changée, mais Clara le voudrait-elle ?

– Mais ils pourraient rejoindre leur parenté.

– Prions.

De tous les enfants Sheltus, Winston était le plus à plaindre, conscient de tout : sa mère entre deux eaux, son père qui ne pêchait plus faute d'argent et aussi à cause de son orgueil que les gens de Harrington Harbour disaient mal placé.

– Quand on n'a plus que l'orgueil, il n'y a pas de quoi être fier.

Luke était si troublé par le malheur qui était entré à pleine porte chez les Sheltus que Lucy s'épuisait à trouver des ruses pour le faire travailler et l'occuper.

– Je n'aime pas ça, Lucy, quand les enfants

Luke ne pouvait tolérer la moindre dérogation à sa routine, pas plus qu'il ne savait supporter un stress. L'emménagement de ses parents lui avait déjà fait faire des insomnies et voir les enfants Sheltus marcher main dans la main sur le trottoir en direction de la piscine ou transporter des paniers pour aller à la pêche aux mollusques lui fendait le cœur. Mais Luke n'avait ni mots pour le dire ni échappatoire pour ses angoisses. Lucy devait lui rappeler d'aller à l'héliport – « Ah ! c'est vrai que » – et de distribuer le courrier – « Mais les sacs pour les enfants de ». Elle était torturée de voir son frère perdre complètement contenance devant les changements, au point d'en oublier tout ce qu'il savait. Il était fragile comme un mollusque dans son épaisse coquille d'homme.

Les problèmes des Sheltus avaient pris le village en étau. On se sentait coupable de n'avoir rien vu ou de s'être donné bonne conscience. On blâmait Jim de son ineptie, mais pas trop fort, car sa désolation ressemblait davantage à de l'accablement qu'à de l'irresponsabilité.

– Un homme aussi déprimé que lui peut plonger tête première en enfer.

– Ce qui veut dire ?

– Que l'enfer exerce un attrait sur les hommes, enfin, pensez à Albert.

– Mais Albert s'est...

– Justement.

Alors on blâmait Emil d'avoir enlevé la corde à linge, même s'il s'était expliqué. Manny avait cherché à savoir ce que Luke avait voulu dire en parlant de Clara et de son mal de chien, mais Luke se terrait derrière son secret pro-fes-sion-nel. Personne n'avait su que le dernier héritier Sheltus, qui n'existerait jamais, avait précipité sa famille dans les abîmes.

Winston avait vieilli si vite en moins de deux semaines qu'on pouvait imaginer une ombre de duvet sous son nez. Mais c'était sa lèvre ourlée en grimace de tristesse ou de dégoût qui était plaquée là en permanence.

Les nouvelles de l'hôpital étaient mauvaises. Clara, trop faible, avait mal supporté une hystérectomie. À Harrington Harbour on comprit enfin, sans le dire, le drame des Sheltus. Personne ne cherchait à savoir si la rumeur qui gonflait les poitrines était de la colère ou de l'opprobre. Mais on entendait le grondement qu'elle faisait.

Le soir du passage du bateau, Manny le regarda depuis la fenêtre des Sheltus. Elle veillait sur le sommeil des plus jeunes enfants, propres dans des draps propres, tandis qu'Alex, voyageur coincé dans la tourmente de l'île, avait emmené Winston chez elle pour le distraire.

L'équipage s'était inquiété de ne pas voir Manny. Il n'y avait que Luke et sa brouette sur le quai, et encore, il tournait le dos au bateau.

– Où est Manny ?

Luke avait grimacé.

– Avec les enfants de Clara qui est si malade que peut-être

– Clara ?

– Et Jim est là-bas aussi, le cœur sur la main sale

– Mais qu'est-ce que tu racontes, Luke ?

– Qu'ici on a leurs enfants plein les bras de

Tandis que Luke attendait une valise qui ne venait pas, Lucy était assise devant Paul, tombant de sommeil et de désespoir.

– Alors, dans tes pays lointains, Paul, as-tu appris à reculer l'horloge du temps ?

– Avec le décalage, oui.

– Ce qui veut dire qu'aujourd'hui n'est pas arrivé pour tous ?

– C'est ça.

– Il y a des gens chanceux.

Elle regardait Paul en se demandant s'il pouvait l'entendre l'implorer de la prendre dans ses bras pour la bercer. Elle n'en pouvait plus. Comment se faisait-il qu'il ne savait pas, lui, pêcheur de coquillages, qu'elle était fragile comme un mollusque dans son épaisse coquille de femme ?

– Alors, si je te demandais d'emmener Luke avec toi à la cueillette de duvet, tu le ferais ?

Paul avait répondu « Évidemment ». Lucy avait souri de soulagement.

– Mais pas demain, parce que j'ai promis d'emmener l'infirmière.

Alors, sans réflexion ni retenue, Lucy éclata en sanglots. Des sanglots vieux de vingt-cinq ans que trois hoquets avaient fait sortir de ses entrailles, comme la pompe l'eau du puits. Paul perdit contenance et se leva précipitamment.

– Va te coucher, Lucy. Tu es fatiguée.

Alors elle répondit que oui. Fatiguée de se taire. Fatiguée de l'entendre. Fatiguée de le savoir dans le confort de bras de tous âges et de toutes couleurs. Fatiguée de deviner l'amour au lieu d'en être. Fatiguée de son hymen bien en place dans un ventre vide, à l'aube de l'éternelle marée basse. Puis elle s'était tue, honteuse de s'être ouvert les veines.

Paul pleurait aussi. Alors il s'approcha d'elle, lui écrasa les larmes de son pouce avant de la soulever du fauteuil et de la conduire à sa chambre dont il ferma la porte d'un coup de talon. Il fallait être sourd, à Harrington Harbour, pour ne pas en avoir entendu le claquement qui ressembla étrangement à la déchirure d'un génois.

Tandis que Lucy et Paul se gavaient l'un de l'autre après tant de jeûnes, Paul poussa un cri strident avant de s'écraser sur Lucy.

– Luke ! Qu'est-ce que tu as fait ?

Luke tenait un couteau à huîtres dans sa main.

– Te défendre contre

Lucy lui avait crié d'aller chercher l'infirmière, ce qu'il fit en pleurant toutes les larmes de son corps. Il avait fait de la peine à sa Lucy et elle ne l'aimerait plus. Mais Paul lui faisait mal, il le savait, parce qu'il avait eu mal, là, directement dans son cœur. Et quand il avait mal, c'était parce que Lucy lui demandait de prendre son mal. C'était compliqué de penser comme ça, mais c'est ce qu'il pensait, sans en avoir parlé à sa sœur, depuis qu'elle était petite. Ça lui faisait peur de penser comme ça et il ne voulait pas que Lucy veuille prendre sa peur. C'était comme ça, un frère et une sœur presque pareils. Sauf que Lucy avait le nord, le sud, l'est et l'ouest et que lui avait perdu le nord, comme sa girouette. Le père de Lucy le lui avait dit.

À Harrington Harbour, on entendit courir et pleurer Luke, mais on s'était rendormi. Luke pleurait souvent et les insulaires confondaient parfois ses hurlements avec ceux du vent.

L'infirmière avait claqué la langue et désinfecté la plaie faite par le couteau entre la sixième et la septième vertèbre, tout près de l'omoplate. Paul n'avait pas desserré les dents pendant que Lucy se félicitait de la chance qu'il avait eue que Luke ne l'ait pas planté du côté gauche. La douleur avait traversé le corps de Paul pour la rejoindre et ce moment si attendu avait été gâché par son frère. Mais le morceau de placenta qui lui collait au cœur depuis toujours avait été arraché par le couteau à huîtres. Lucy, en larmes, avait ordonné à Luke d'aller se coucher « immédiatement, sans quoi ». Luke avait paniqué. Quand Lucy ne terminait pas une phrase, c'était que

L'infirmière veilla Paul toute la nuit, redoutant une infection, l'arme blanche étant souillée de sel et de rouille. Lucy demeura aussi au chevet de Paul pour lui tenir la main et s'assurer que l'infirmière ne le ferait pas. À Harrington Harbour, on avait deviné qui était passé par la grotte Marguerite, d'où était sortie l'infirmière. Lucy était née à Harrington Harbour.

Elle fut cependant forcée de s'absenter à quelques reprises pour faire du café et jeter un coup d'œil qu'elle aurait voulu mortel sur son frère endormi. Et elle pensa « Qu'il repose en paix », consciente que pour la première vraie fois de sa vie elle le souhaitait mort pour se libérer. N'était-ce pas le sens même de la rédemption à laquelle elle avait droit ? Le sang de Paul l'avait purifiée de sa dépendance de Luke. Innocent, certes, mais coupable. Elle se sentait libre. Balbutiante, mais libre. Elle devait maintenant apprendre à s'éloigner de Luke et l'éloigner d'elle ; apprendre à être elle-même. Ni elle, ni Paul, ni l'infirmière n'eurent envie de communiquer avec David, le *Canadian Ranger* qui avait eu la coupe comble avec l'agression de Jim et l'hospitalisation d'Emil. Paul reçut la visite du médecin de l'île, de passage ce jour-là, qui aurait voulu rapporter l'agression, mais les trois l'en dissuadèrent. Luke fut ainsi libéré et Lucy délestée des affres d'une enquête, d'un procès et de mille tourments auxquels Luke n'aurait rien entendu. Luke avait toutefois compris que Lucy ne l'aimait plus comme avant. Il avait aussi compris qu'elle aimait que Paul lui fasse mal.

Josephine souriait en regardant l'album de photos avec Wilbrod.

– Notre mariage, tu t'en souviens, Wilbrod ?

– Oui, Jo.

– Et ?

– Le baptême de Phillip. Avec un pasteur inconnu.

– Bien, Wilbrod. Et ?

– Nous à la pêche.

– Et ?

– Mon phare.

– Et ?

– Notre mariage.

– Et ?

– Le baptême de Phillip...

Josephine pouvait l'entendre répéter ses années de bonheur sans s'en lasser, puisqu'elle s'y était installée comme un bernard-l'ermite. Elle bichonnait son Wilbrod du matin au soir, indifférente à la moisissure sur son cerveau. Il était un petit enfant fragile qui fleurait bon l'innocence en sortant du bain. Elle le rasait et le faisait rire en appliquant la mousse avec son vieux blaireau. Jamais elle ne le coupa, même quand il s'impatientait et voulait se lever.

– Tut ! Tut ! Tut ! Un petit instant. Attends que Jo ait terminé.

Il se calmait et souriait à Jo. Parfois, Wilbrod revenait avec Josephine. Son humeur se fragilisait alors rapidement.

– Je n'aime pas ta maison, Josephine. Je n'aime pas tes enfants.

– Notre maison, Wilbrod. Nos enfants.

– Non.

À ces moments-là, qui étaient de moins en moins fréquents curieusement, elle préférait disparaître derrière son tablier ou sa laveuse à essoreuse à rouleaux.

– On sort, aujourd'hui, Wilbrod. On va à la clinique voir le médecin qui nous fait sa visite de juillet.

– Je suis bien.

– Je sais, je sais. Mais tu dois m'accompagner parce que moi je suis moins bien.

– Vas-y avec Lucy.

– Non, Wilbrod. Allons. J'ai de la difficulté sur ce trottoir, tiens-moi.

Ils partirent donc bras dessus, bras dessous, Wilbrod forcé de s'accrocher à celui de Josephine.

Il le faisait par habitude. Quand on a quatre-vingt-dix ans et qu'on est un pèlerin au crépuscule de la vie, on apprécie toujours son bâton.

La clinique était occupée et Josephine fut surprise d'y rencontrer sa fille. Lucy lui sourit distraitement puis sortit sans même venir la saluer. Josephine feignit de ne pas s'en formaliser mais elle était irritée. En public, une fille doit venir embrasser ses parents. Lucy avait ignoré Wilbrod aux funérailles et, à Harrington Harbour, une telle chose, si elle se répétait trop souvent, pouvait meubler les soirées dans plus d'un salon.

– Pardonnez mon indiscrétion, docteur, mais je me suis laissé dire, non sans répugnance, qu'un vieux, comme mon mari, qui rend l'âme meurt avec le membre...

Le médecin ne mit que quelques secondes à comprendre ce qu'elle lui disait avec la pudibonderie de son âge.

– Vous voulez dire...

– Oui, oui.

Josephine ne lui avait pas laissé le temps de terminer sa phrase.

– Est-ce que le membre d'un vieux fonctionne uniquement quand il est mort ?

– Son membre est-il... ?

– Si ce que je viens de dire est vrai, puisque Wilbrod est toujours de ce monde, son membre n'est plus très fort.

– Et vous, Josephine ?

– Oh ! comment dire, euh, depuis quarante ans,

l'intérieur envahi par le sable, comme une spire vidée de sa bête.

Ne pouvant plus supporter la verdeur des propos qu'elle tenait, rougissant sous son fard, Josephine se leva et sortit en remerciant le médecin de l'avoir reçue et, honteuse, en lui demandant de l'excuser. Le médecin n'en sut pas plus et la regarda sortir, mi-amusé, mi-attendri.

– Viens, Wilbrod, on rentre à la maison.

Elle l'avait dit d'une voix si forte qu'on avait souri. À Harrington Harbour, tout le monde connaissait le dénouement du feuilleton des amours de Josephine et Wilbrod. Une histoire comme dans les films. Le personnel de la clinique les regarda partir, touché. Puis quelqu'un cria : « Oh, non ! c'est trop jeune pour mourir ! » Et alors, la nouvelle se souleva comme une vague, roula sur le trottoir et se cassa contre les passants, les portes et les fenêtres.

Les gens de Harrington Harbour détestaient terminer une histoire autrement qu'en disant : « Ça aurait pu être pire. » Mais rien dans cette nouvelle n'aurait pu être pire. C'était la définition même du pire. Une belle Montagnaise fauchée pour des raisons d'argent. Morte à ses enfants à cause des poissons. La femme du pêcheur qui n'avait pu haler le minuscule filet qui la retenait à la vie.

Les gens de Harrington Harbour pleurèrent, chacun à sa façon. Dans des moments aussi insoutenables que celui-là, l'île devenait terriblement exiguë pour quiconque aurait souhaité faire autre chose que pleurer. Haranguer le ciel par une colère évangélique, par exemple, en détruisant le bien d'autrui comme l'avait fait le Christ devant le temple. La mort d'une mère de sept enfants était une aussi bonne raison que la présence de vendeurs devant un saint lieu. Les poitrines d'enfants n'étaient-elles pas les nefs protégeant chacune son arche d'alliance ?

À Harrington Harbour comme ailleurs, les gens étaient à la recherche d'expressions. Mais là comme ailleurs aussi, ils avaient leurs idiotismes.

Maintenant que Paul était hors de danger, Lucy devait lui parler de toute urgence. Lui confier qu'elle avait baissé pavillon et s'était permis, dans sa tête qu'il avait remplie de chuchotements et son corps bercé de brise parfumée, de hisser tous ses rêves en forme de voile de mariée. Le médecin lui avait dit que Paul avait été plus que chanceux. La blessure, peu profonde, n'avait pas atteint d'organes vitaux, juste la peau et le muscle. Lucy, rentrée de la clinique où elle était allée faire exécuter l'ordonnance, décida de fermer le bureau de poste avant l'heure. Elle y retourna pourtant dès qu'elle eut déposé la fiole sur la table de chevet. Paul dormait encore. Comment se faire pardonner son frère ?

Les gens, sans mot dire, surveillaient qui la mer, qui le ciel pour voir rentrer Jim et sa misère. La vie du pauvre homme s'en allait à vau-l'eau. Tous appréhendaient l'instant, mais pas autant que Manny toujours dans la maison des Sheltus, à peine réconfortée par la bienveillante insouciance des enfants pour lesquels elle avait fermé la porte au nez à la mauvaise nouvelle. Elle se mit au fourneau pour préparer encore plus de nourriture et étouffer ses sanglots occasionnels par le son de la friture.

Emil, après avoir vainement cherché le pasteur, qui se trouvait probablement dans une maison à consoler sa tristesse et celle de ses fidèles, vint au secours de Manny. Il était secoué lui aussi par tant de malheurs, espérant que l'incident de la corde à linge n'avait pas précipité la grande démission de Clara. Les enfants l'avaient accepté dans leurs murs, mais il était sous-entendu qu'il s'agissait d'une trêve qui prendrait fin dès le retour de leurs parents, quand la vie recommencerait à se ressembler. Emil leur apportait des jouets de bois fabriqués en prévision des fêtes et qu'il avait pensé remettre secrètement au révérend pour les Sheltus, comme il avait coutume de le faire depuis la naissance de Winston. Jamais il n'avait avoué la fascination qu'il éprouvait à fabriquer des jouets pour enfants, se racontant dans la solitude de son atelier qu'il était le père Noël de Harrington Harbour. Le pasteur n'avait jamais révélé que celui qu'on prenait pour un Picsou gâtait les enfants du village.

Luke alla frapper chez les Sheltus pour offrir de promener les petits en brouette. Manny s'empressa de refermer la porte derrière elle et lui chuchota que les enfants ne savaient pas encore la triste nouvelle.

– Oh ! c'est vrai ? C'est Jim qui l'apporte avec lui dans le sac de Clara pour la leur remettre. J'avais oublié que

Et il était reparti, piteux, après avoir offert de revenir. À peine avait-il franchi une cinquantaine de mètres que Winston l'arrêta.

– Deux dollars si tu viens avec moi au magasin général.

Ravi d'être utile, Luke l'accompagna.

– J'ai un nouveau secret presque pro-fes-sion-nel que

– Je veux pas le savoir.

– C'est pas grave. Tu le sauras quand même parce qu'il est dans le sac de ta mère qui

Winston avait froncé les sourcils, puis, les treize

ans trop raisonnables, s'était engouffré dans le magasin acheter des provisions pour les siens.

Luke le suivait tel un garde du corps, lui arrachant des mains toute marchandise pour la porter sur le comptoir de la caisse. Il fit l'aller-retour trois fois, jusqu'à couvrir le comptoir de victuailles. Winston en profita pour acheter quelques gâteries pour les enfants, dont un jeu de parchési et, pour sa mère, un bel arrosoir pour ses plantes. Luke couvrit sa lèvre supérieure de sa lèvre inférieure pour se clouer le bec et regarda Winston sortir de l'argent de ses poches pour payer l'épicier, qui ne s'en étonna pas outre mesure.

– Je vois que Paul t'a montré les bons endroits pour la pêche aux pétoncles.

De même l'épicier, discret, n'avait pas parlé de la mort de Clara.

Luke fit « Hein ? » mais ne parla pas. De retour sur le trottoir, poussant sa brouette alourdie de conserves, Luke ne cessa de marmonner, mais ne parla pas. Arrivé chez les Sheltus, il accepta les deux dollars et posa la marchandise sur le perron, sans parler.

– Laisse ça là, Luke. Les enfants vont s'amuser à tout rentrer.

Luke retourna chez lui, où l'attendait Lucy, qui s'empressa de monter à sa chambre et d'en fermer la porte. Luke toqua vainement en demandant à sa sœur d'abord si elle l'aimait encore, puis en pleurant.

– Dis-moi pas de pas pleurer, il y a Clara qui me le permet parce qu'elle est

Paul, curieusement, avait réussi à se lever, à enfiler un blouson et à prendre le large.

Alors que Josephine demandait à Wilbrod de lui permettre de dormir dans son lit, « au cas où je mourrais demain, et comme je n'ai plus l'âge des scrupules, tu peux me toucher où tu veux », on entendit encore une fois la rumeur s'écraser contre le quai du port où venait d'accoster un bateau transportant Jim et le corps de Clara dans un cercueil gris, fait de carton pressé.

Les gens de Harrington Harbour se mirent en berne.

Manny était contente d'avoir échappé aux pleurs et aux coups des enfants qui se frappaient tantôt la tête, tantôt la poitrine, quand ce n'était pas celle de leur père. Seul Winston était demeuré imperturbable, l'œil hargneux fixé sur Jim. La scène avait été si insupportable que Manny n'avait pas encore retrouvé son souffle. Ô la profondeur de la douleur des orphelins. Ô le désespérant abandon. Elle aurait troqué son chagrin de veuve contre celui de ces petites âmes trop à l'étroit dans leurs corps qui ne comprenaient pas le sens de toujours et de jamais.

Le cercueil avait été placé à l'arrière de l'église. Ouvert, le temps des condoléances, puis fermé et porté à l'avant pour l'office. Emil avait abandonné Manny à ses émois pour se précipiter dans son atelier afin de coller sur un cercueil de sapin sept angelots sculptés pour la crèche de Noël. Il n'était pas dit qu'une mère de Harrington Harbour partirait dans une boîte de carton, même si la vie lui avait fait des misères, même si son mari l'avait parfois expédiée dans la géhenne.

Après avoir vissé de belles poignées et appliqué une couche de vernis pour donner du fini à son travail, il alla trouver le pasteur ; il lui demanda de l'aide pour transférer le corps d'une bière à l'autre. Le pasteur refusa tout net, arguant que la mort de Clara appartenait aux siens et non à eux.

– Et si elle n'était pas présentable ?

L'argument était de taille et troubla le pasteur. Clara était peut-être en vêtements de nuit. Jim n'aurait pas su l'habiller joliment. De toute façon, les rares vêtements présentables de Clara étaient probablement en lambeaux.

Cette simple évocation fit frémir le révérend. À son corps défendant, il laissa Emil dans le doute et alla frapper chez Jim qu'il trouva engoncé dans sa torpeur. Winston avait fait monter les enfants pour laisser la voie libre à la colère de son père plus qu'à son chagrin.

– Vous n'êtes pas le bienvenu ici. J'ai décidé d'enterrer votre Dieu avec Clara.

Le révérend fut saisi. À Harrington Harbour, on blâmait souvent le pasteur pour les naufrages, les noyades et la mauvaise pêche. On y était aussi avare d'alléluias lorsqu'elle était bonne, y reconnaissant davantage le flair du pêcheur que l'intercession du pasteur auprès de Dieu. Mais jamais avait-on parlé d'enterrer Dieu.

– C'est qu'il faut préparer Clara pour demain…

– Je n'ouvre pas la boîte de carton.

Le pasteur frémit. Un mort non exposé ne resterait toujours qu'un disparu, comme tant de leurs marins.

– Mais tes enfants, Jim ?

Tandis que le pasteur attendait la bénédiction du père, Winston disparut pour réapparaître quelques minutes plus tard, portant une grande boîte plate et ficelée. Jim réagit aussitôt.

– Non, Winston. C'est une insulte. Ta mère n'aurait jamais voulu.

– Je ne te crois pas.

Ne l'écoutant plus, Winston sortit de la maison avec le pasteur. Il ne sursauta pas en apercevant Emil, se contentant de le saluer du chef. Apparemment, Emil avait un allié dans la famille Sheltus. Ils allèrent d'abord à l'atelier, puis chez Manny qui n'était pas encore parvenue à étancher sa peine. Mise au courant, elle les suivit non sans hésitation.

Ils demeurèrent une bonne heure dans l'église avant que Winston ne disparaisse le temps de courir au port et d'en revenir. Lorsqu'ils quittèrent l'église, Winston les remercia et il partit en direction de la mer.

– Tu n'entres pas chez toi, Winston ? Il est tard.

– Non.

Manny comprit que le pauvre était ébranlé. Combien d'enfants avaient tenu la mort dans leurs bras ? Manny avait vu une véritable pietà inversée devant l'enfant baignant de larmes le corps nu de sa mère. Combien elle aurait aimé étreindre ainsi son mari une dernière fois. Faire comme Winston et lui transférer un peu de sa chaleur. Winston avait fait preuve d'un courage exceptionnel et avait probablement besoin de pleurer un chagrin qui muait dans le corps presque adulte d'un petit garçon de treize ans.

Jamais à Harrington Harbour on n'avait vu morte aussi magnifique. Les gens défilèrent devant cette femme que la mort révélait comme une déesse ayant survécu aux âges et à la mer. Clara était vêtue d'une robe de peau mastiquée de savoir, aux franges pâles perlées de blanc. À sa tête était posé un capteur de rêves même s'il ne venait pas de sa tribu. Elle était allongée sur un morceau du filet de pêche qu'avait abandonné Jim, posé à même le bois de la bière. Tout était couleur de la terre à laquelle elle allait bientôt être rendue.

Jim, bouffi d'inquiétude puis de chagrin, avait passé la nuit couché sur ce qui restait de leur canapé, ayant jeté et brûlé le matelas détrempé par l'odeur de l'agonie de Clara. À Harrington Harbour, personne n'avait pensé que ce feu de chagrin était dangereux, au contraire. Il eût été inconvenant que Jim brûle ses amours sur l'île aux rebuts.

Tout s'était déroulé si lentement et si rapidement à la fois que Jim n'avait pas encore repris son souffle. Il en voulait à Clara de lui avoir trop longtemps caché son mal de mère. Elle avait espéré que son ventre cicatriserait. Leur enfant qui n'était encore rien ni personne l'avait aspirée avec lui. Jim aurait aimé lui crier sa douleur, mais même l'écho de Clara ne répondait plus.

S'il l'avait pu, Jim l'aurait accompagnée dans l'éternité ou, à tout le moins, serait demeuré sur les rives de la grande rivière avant qu'elle n'en rejoigne l'embouchure. Il l'avait observée alors qu'elle grimaçait sa colère, puis il avait vu ses traits se calmer pour atteindre une grande sérénité. Comblée. Le bien-être de Clara l'avait anéanti. Jamais elle n'avait été aussi magnifique et ce n'était pas pour lui. Pas pour leurs enfants non plus. Belle pour le néant de l'infini. De sa vie non achevée. Jim la lui avait complètement bousillée et il avait vu, dans le visage de sa Clara, que jamais il ne l'avait rendue heureuse s'il était vrai que le bonheur ressemblait à cet air d'abandon et de confiance. Jamais elle ne s'était tant abandonnée, même dans ses bras. Jamais elle n'avait exsudé une si profonde confiance.

Levé aux aurores, Jim avait marché sur la rive de la mer pour lui faire son salut du jour. Eût-il su comment, il aurait prié. Il était tombé nez à nez sur son Winston qui y faisait bondir des galets.

– Qu'est-ce que tu fais là ?

– Je ne pouvais pas dormir.

– Les enfants ?

– J'y vais.

Si Jim avait su comprendre le visage de son fils comme il avait compris celui de Clara dans la mort, il aurait vu poindre un orage si terrible qu'il se serait abrité. Rien n'est pire que la colère du fils, bien qu'on préfère croire que la colère du père est sainte, comme celles d'Abraham, de Moïse ou de Dieu lui-même. Mais Jim ne voyait rien, l'âme dans la tourmente, là où elle étouffait depuis que les morues nourrissaient les phoques.

Tenant deux de ses enfants par la main, Jim était entré calmement dans l'église remplie à craquer d'un respectueux silence. Deux de ses filles le suivaient, se tenant aussi par la main, tandis que Winston fermait la marche, les deux plus jeunes enfants dans les bras.

À Harrington Harbour, on n'avait jamais rien vu de si bouleversant et Dieu savait qu'il y avait eu là des scènes déchirantes. La violence de la mort des marins avait toujours été tragique. Mais, ce jour-là, la richesse qu'offrait la mère rendait criante l'indigence de ses filles sans tresses et de ses garçons aux cheveux trop longs. En voyant ce à quoi Clara avait renoncé – était-ce vrai qu'elle était la fille du chef de bande ? –, les gens de Harrington Harbour mesurèrent la profondeur de son amour pour Jim, qui s'émouvait devant les angelots collés par Emil. Il les caressa et, de concert avec les enfants, les baptisa de chacun de leurs prénoms.

On allait fermer le cercueil lorsqu'un remue-ménage troubla le calme et arrêta net le geste d'Emil qui assistait le pasteur. Les gens debout à l'arrière rompirent leur haie de préjugés pour faire place à une bonne vingtaine d'autochtones qui, fiers, se tinrent debout près d'eux, regards durs et bouches amères. Ceux qui ne purent trouver place demeurèrent dehors, debout devant les portes.

Une femme à laquelle ressemblait Clara s'avança vers le corps et lui posa une main sur le front, sans plus. Lucy, qui était tout près d'elle, comprit qu'elle tentait désespérément de lui insuffler une nouvelle vie. La dame fut suivie d'un homme qui posa une plume d'oiseau sur les mains de sa fille. Les gens de Harrington Harbour retenaient leur souffle en assistant à cet étrange rituel.

Jim les regarda, l'œil interrogateur, cherchant à les reconnaître. Il balbutia « Pardonnez-moi, terriblement désolé » tandis que les deux regardaient, par-dessus son épaule, les trois vitraux à l'avant de l'église qu'un nuage venait d'éteindre. Il rejoignit les enfants, qui fixaient les Amérindiens avec fascination. Winston serrait les mâchoires et Manny vit combien il ressemblait à son grand-père.

Lucy, Luke à ses côtés, avait aperçu Paul planté à l'arrière et s'était discrètement glissée sur le banc pour lui laisser une place, mais il ne vint pas. Elle hocha la tête et ne se rapprocha pas de son frère. Puis, sous l'œil intrigué des gens, elle sortit du banc et invita les parents de Clara à s'asseoir. Ils continuèrent de contempler les vitraux rallumés. Lucy n'insista pas mais abandonna sa place et alla plutôt rejoindre Paul qui, lui aussi, avait l'œil collé aux vitraux.

– Alors ? Que fais-tu ici ? Tu ne devrais pas être debout.

Paul ne répondit pas. Démontée, Lucy sortit de l'église. Les autochtones voulurent la laisser passer mais elle resta là, debout avec eux. Elle fut la seule à pleurer.

Tout le village, excepté les vieux de *L'Escale*, Josephine et Wilbrod, était à l'enterrement. Les commerces étaient fermés, les bateaux à l'ancre, les visages en berne. Les Innus suivirent les paroissiens de loin et s'approchèrent de la clôture de bois qui ceignait les stèles, mais n'entrèrent pas dans le cimetière, laissant les Blancs prier leur Dieu. À Harrington Harbour on se demandait si cette distance marquait du respect ou du mépris.

Jim et les enfants s'accrochèrent par grappes près de la fosse ; ils pleuraient en silence. Seul Francis, le bébé, poussait des hurlements. Manny frétilla pendant quelques minutes avant de s'approcher de Jim pour le délester du chagrin de son benjamin. Mais au même moment une jeune indigène fit de même et toutes deux se retrouvèrent devant Jim. Le révérend se tut.

La jeune femme, qui ressemblait à Clara, parla à l'enfant dans cette langue que lui avait chuchotée sa mère pour le consoler. Contre toute attente, l'enfant cessa de pleurer et lui tendit les bras. Un frisson secoua l'assistance et tous les yeux se braquèrent sur Jim qui hocha la tête. Francis dans les bras, la jeune femme alla rejoindre les siens. Giflée dans sa tendresse, Manny se pinça les lèvres et reprit sa place. Winston lui sourit tristement et haussa une épaule résignée.

On descendit la dépouille et les gens partirent après avoir fait une dernière prière pour Clara, lui souhaitant bon voyage et bonne mer.

Manny et Lucy, que quatre des enfants avaient rejointes, se dirigèrent vers la salle de réception de l'école. Les enfants couraient devant elles pour échapper aux regards. Lorsque toute la population blanche – hormis Jim, Winston et Dawn – eut quitté le cimetière après y avoir laissé des fleurs à pourrir, la famille de Clara poussa la porte et entra à son tour. Jim se tenait coi, une main sur l'épaule de Winston qui grimaça. Pressentant le mouvement des Innus, on rebroussa chemin et on s'immobilisa pour voir. Et on vit. On les vit se regrouper autour de la fosse et commencer, tout doucement, à faire des petits pas si discrets qu'ils ressemblaient davantage à des frissons qu'à une danse. Les corps vibraient tandis qu'une mélopée bondissait sur les stèles avant de réconforter Clara. Bébé Francis souriait.

Jim ne broncha pas lorsque son beau-père se plaqua devant lui pour lui reprocher d'avoir vêtu Clara de sa robe de cérémonie. Winston répondit que c'était son idée. Enhardi, Jim ajouta qu'il s'était permis de laisser Clara mourir comme elle était née. De même, son clan avait eu le droit de la chasser et de la renier. La mère de Clara versa une larme lourde comme une perle de verre transparent. Dawn le remarqua et alla lui porter un papier-mouchoir, que la femme accepta en souriant à cette petite-fille qu'elle n'avait jamais vue.

Les gens de Harrington Harbour maudirent la direction du vent qui alla noyer les souffles et les sons en étouffant les propos.

Les enfants Sheltus avaient assisté au départ de leurs grands-parents, et n'avaient pas compris que ces derniers refusent de se joindre aux gens du village pour un repas de réconfort. Apparemment ils n'avaient pas compris non plus que ces gens étaient leurs grands-parents. Lucy leur en voulut d'ignorer leur sang innocent comme l'avait fait son père. Elle n'avait jamais mesuré cette similitude de destin entre elle et Clara. Reniée par un père, bannie par un clan. Elle n'avait d'ailleurs jamais compris pourquoi Clara n'était pas retournée à son village quand la loi excluant les femmes mariées à un Blanc avait été abrogée. Pas compris non plus qu'elle ne veuille visiter les siens. À Harrington Harbour, on était d'avis qu'il y avait parfois des cicatrices qui cachetaient les âmes à la cire si chaude qu'elles en brûlaient.

Pendant que les Innus regagnaient leurs embarcations, Lucy ne les quitta pas des yeux. Ils étaient beaux et imposants, comme le serait Winston. Puis elle remarqua que ce dernier les escortait, tandis que Jim était demeuré dans le cimetière, assis près de la fosse. Non, sur le bord, les pieds ballants dedans. Le chagrin et la solitude lui avaient coupé les jambes et alourdi les épaules. Elle chercha Paul des yeux et ne le vit pas. Elle se demanda si sa tiède semence avait fini de sortir de son corps à elle. Ah, l'heureux mélange tant souhaité et attendu, accueilli comme un hommage à son corps de femme. Il lui faudrait maintenant donner un coup de barre et remettre ses attentes et ses espoirs à la cale, avec les rats. Puis elle porta à nouveau son attention vers les autochtones. Ils avaient tous embarqué et elle vit Winston, debout sur la rive, remettre le bébé à sa tante avant que le hors-bord ne parte en pétaradant, laissant le garçon dans un nuage bleu. Lucy cria « Oh ! mon Dieu, Winston ! Winston ! » si fort en dévalant la pente à la course qu'elle entendit le silence se faire dans la salle de l'école.

– Alors, Winston ? Qu'as-tu fait là ?

– Donner une mère à mon frère.

– Mais il a une famille.

– Il a besoin d'une mère. Elle me l'a dit et maintenant je sais que c'est mieux.

Winston, en homme fraîchement né, retint ses sanglots. Lucy l'étreignit et lui prit la main, voulant l'entraîner vers l'école, mais il se défila, et jura qu'il y serait dans moins d'une heure pour venir chercher ses frères et sœurs et payer les frais du repas.

– Laisse-nous cela.

– J'y tiens.

Lucy fronça les sourcils – les Sheltus ne pouvaient payer –, mais ne discuta pas. Comprenant qu'il allait rejoindre son père, elle le laissa s'éloigner avant d'entrer dans la salle et d'en faire le tour des yeux. Paul était nulle part. Les enfants Sheltus, partout. Avec Manny qui, exceptionnellement, ne faisait pas le service. Avec David qui portait son pull de *Canadian Ranger*. Au sein d'autres familles. À Harrington Harbour, tous les cœurs savaient s'ouvrir comme des huîtres pour offrir leurs perles.

Pâle et en état de choc, Lucy se demandait si elle devait annoncer le départ de bébé Francis. On attendit Jim en vain et Alex fut un des derniers à se présenter, vérifiant auprès de Manny s'il devait manger ou s'il y aurait un repas à la maison. Sa présence parut incongrue à Manny. Il n'y avait que lui d'étranger à cette peine qui appartenait au village et à ses habitants qui tous, il était vrai, comme elle le rappelait à Alex d'un ton nouveau, étaient apparentés d'une façon ou d'une autre.

– Sauf les Sheltus, non ?

– Depuis le temps, Alex, nous les avons adoptés.

Alex se confondit en excuses, mordit dans un sandwich amolli et demanda à Manny si elle verrait d'un mauvais œil qu'il rentre à la maison. Elle répondit « Non, mon œil serait plutôt bon » sans même le regarder. Alex se demanda si le glas qui avait bondi sur les rochers de Harrington Harbour n'avait pas un peu annoncé son départ. Le vent avait tourné comme une huile. Il grimaça et sortit, heurtant Winston qui arrivait, un coquard sous le sourcil.

Lucy étouffa un cri en voyant son état. Il lui remit de l'argent qu'elle refusa.

– J'ai dit que je voulais payer le repas et c'est ce que je fais.

Lucy fourra l'argent dans sa poche en implorant Manny des yeux de venir à son secours. Les gens s'étaient tus, ne parlant plus que des yeux. Winston tenta de rassembler ses cinq cadets qui, bichonnés et dorlotés, ne voulurent pas tous le suivre. Puis Luke se leva et alla le retrouver, un poing fermé devant le visage.

– Est-ce que c'est parce que tu as donné ton bébé à la femme sauvage que tu

Dans la salle d'école de Harrington Harbour, les gens posèrent leurs ustensiles et cessèrent de mastiquer. Certains commencèrent à pleurer.

– Je suis tombé sur une planche mal clouée...

– La planche qui

– Celle-là même.

Satisfait, Luke l'aida à rapatrier les enfants et en installa trois dans sa brouette. Ils pleuraient, ce qui fit pleurer Luke aussi qui comprenait leur tristesse. Ils voulaient voir leur mère.

Harrington Harbour venait d'apprendre le départ de bébé Francis et l'île avait perdu un morceau d'avenir.

Non seulement Emil fabriquait les cercueils, assistait le pasteur aux funérailles et portait les morts jusqu'au cimetière, mais il faisait aussi fossoyeur. Enterrer un mort le chagrinait puisqu'il les connaissait tous, mais si c'était dans un de ses cercueils qu'ils partaient, Emil avait le sentiment d'avoir donné un peu de fierté au défunt en lui permettant d'entrer au paradis autrement que dans du papier mâché.

La salle vide, Emil avait aidé Manny à nettoyer. C'était la première fois qu'elle s'était réfugiée dans ses bras et, après avoir longtemps hésité, il l'avait étreinte en lui tapotant maladroitement le dos. Il aurait dû le lui caresser pour la réchauffer davantage, mais un homme ne peut aisément caresser une femme avec une main plâtrée. Célibataire, il ne savait pas qu'une femme pouvait sentir si bon. Il s'en était voulu de cette réflexion alors que sa Manny – comme il aimait se le dire – était au bord d'un nouveau gouffre. Puis il l'avait reconduite chez elle ; Alex, affalé sur le canapé du salon, la ceinture et la braguette détachées pour mieux respirer, avait bondi sur ses pieds et s'était regréé l'allure avant de préparer un thé Earl Grey à Manny. Ils avaient l'air de deux beaux imbéciles, Alex et lui, ne trouvant que des formules toutes faites, telles des prières, pour la consoler. Lasse de les entendre, elle avait demandé à Alex de la laisser seule, trop polie pour lui suggérer de réintégrer sa chambre et de n'en pas sortir, et à lui d'aller remplir la fosse. Alex avait donc préféré se promener sur la colline tandis qu'Emil, navré et impuissant, avait laissé Manny à sa tristesse.

Emil ne retournait habituellement au cimetière qu'après le coucher du soleil, pour éviter aux familles de l'apercevoir suer sur leur chagrin. Il avait toujours pensé que personne n'aimait voir l'ordinaire de la mort, préférant la fleur à la pelle, la prière au juron. Il attendit donc quelques heures, en profitant pour vernir d'autres jouets qu'il ferait vivre dans les mains des enfants Sheltus.

Alors qu'il pénétrait dans le cimetière, Emil sursauta en entendant des gémissements. S'il n'eut pas peur, un frisson d'inconfort lui escalada quand même l'échine. S'approchant de la fosse avec précaution, il aperçut Jim, assis sur le cercueil, les mains ceignant ses cuisses qui lui servaient d'appui-tête.

Jamais, de mémoire de fossoyeur, Emil n'avait vu pareil désespoir. Il fit « Diable ! » et rebroussa chemin. Manny lui ouvrit et, mise au courant, partit à la maison des Sheltus aider Winston qui devait en avoir plein les bras. Elle se heurta à Lucy qui lui emboîta le pas tandis qu'Emil passa prendre une échelle pour rescaper Jim. Il était maintenant allongé sur le cercueil, l'étreignant. Sans dire un mot, Emil fit descendre l'échelle.

– Monte, Jim.

– Non. Fais ton job.

– Pas avec toi dans la fosse.

– Tant pis. Je reste ici. Tu viendras nous enterrer quand je serai mort.

Emil était complètement décontenancé. Il n'avait jamais eu à discuter avant de combler une fosse. Il fit quelques pas dans le cimetière. Devinant les noms sur les stèles, il pria ses amis disparus de le conseiller. Il revint vers Jim qui ne broncha pas.

– Et si on en discutait chez moi ?

– Discuter de quoi ? Je n'ai pas envie de vivre. Clara est ici et Francis chez sa tante.

Emil disparut, le temps d'aller chercher une caisse de bière. Comme l'avait fait Jim, il s'assit sur le bord de la fosse et décapsula une bouteille. Reconnaissant le bruit, Jim s'agita mais ne leva pas la tête. Emil descendit par l'échelle, posa la bouteille sur le cercueil et remonta. Jim ne broncha pas.

La nuit était noire de pensées. Jim se mit à genoux, pissa sur la terre, évitant soigneusement de mouiller le cercueil, et s'allongea de nouveau sans toucher à la bouteille. Emil était toujours là, à naviguer sur ses réflexions qui allaient de Jim à Manny à Jim. Quelque chose de terrible et d'inconnu se passait en ce moment. Même après avoir côtoyé Jim depuis près de quinze ans, il ne savait rien de cet homme si ce n'est qu'il était américain et avait épousé une belle Indienne du pays. Qu'il était un pêcheur sans poissons, au filet maintenant en partie dans la tombe de sa femme. Comme tous les insulaires, Emil savait que sa vie était devenue un cancer qui lui mangeait les entrailles et la peau et la langue et lui aspirait le souffle. Un cancer qui le grugeait morceau par morceau. Mais que pouvait-il lui dire, lui, Emil, pour le réconcilier avec le destin qui avait décidé de l'habiter ?

Il n'y avait pas plus silencieux que le cimetière de Harrington Harbour. C'était un des seuls endroits de l'île d'où on ne pouvait entendre la mer. Emil aurait tant aimé que Manny soit là, mais elle devait dormir depuis des heures. Avec Manny, il aurait su faire. Jim n'avait certainement pas envie de l'entendre lui raconter que n'eût été la gentillesse des gens, même s'ils l'écorchaient à l'occasion, même s'ils le pensaient méchant ou avare, il aurait pris le grand Vaisseau pour le mouiller à l'infini. Mais les gens avaient été terriblement gentils quand il avait perdu sa propre mère au même âge que Winston, la sienne. Avec Manny, il aurait su dire. Souhaitant la naissance du jour, il crut le moment venu d'éloigner les fantômes de la nuit, respira profondément et plongea dans son passé en se pinçant le nez.

– Ce jour-là, Jim, je me suis levé petit garçon et me suis couché homme. Et j'ai fait mon premier cercueil.

Jim se boucha les oreilles. Emil n'en continua pas moins.

– Ma mère n'a jamais été aussi jolie que celle de tes enfants, Jim. Elle avait des cheveux longs, frisés au fer qui faisait de minuscules boucles. Son sourire, quoique carié, était toujours attendri. Je n'ai plus beaucoup de souvenirs d'elle. Juste une impression de douceur et de chaleur. M'a-t-elle grondé ? Donné une fessée ? Puni ? Je n'en sais rien. Je n'ai rien retenu. Mais je sais qu'elle a passé des nuits à me tricoter des pulls rayés, et que j'étais sa fierté puisqu'elle n'a pas eu le temps d'en mettre une seconde au monde. Maintenant que j'y pense, j'ignore qui elle était et je ne suis pas certain de savoir d'où elle venait.

Jim cria « Ta gueule » et menaça de la lui remplir de terre et la lui fermer pour toujours. Emil eut peur, mais ne répondit rien. Il se leva, et rejoignit Jim dans le trou.

– Sors d'ici, vieux...

– Vieux quoi ?

Emil poussa les pieds de Jim et s'assit à l'autre extrémité du cercueil, le cœur en chamade. Pour quelle diable de raison avait-il rejoint Jim aux enfers ?

– Sors d'ici et reviens pour nous enterrer.

– Je voulais simplement te demander si tu souhaitais aussi que je t'amène les enfants. Ce serait bête de les laisser doublement orphelins. Aussi bien voyager en famille, tu ne penses pas ?

– Ta gueule !

Puis Emil changea de ton, prenant celui de la familiarité, de la camaraderie. Un ton que Jim ne lui connaissait pas. Un ton que lui-même n'avait pas souvent entendu.

– Clara ne peut pas rester comme ça, Jim. Son souvenir a besoin d'intimité.

Emil se tut tandis qu'un nuage éclata au-dessus de l'île. Il resta assis sans broncher. Jim, toujours à plat ventre, ne bougea pas non plus. Ils demeurèrent là pendant des heures et des heures à ne plus se parler. Les gens de Harrington Harbour n'entendirent pas le cercueil tinter sous les gouttes de pluie. Ce matin-là, le soleil allait briller par son absence.

À Harrington Harbour on ne sut que penser quand un beau jeune homme dans la trentaine avancée débarqua, l'œil inquiet. Lorsque la pluie passait les maisons à l'eau douce et dégoulinait sur le visage de Luke, l'île n'était pas très invitante. Enfant, Luke avait été différent de Lucy, mais à peu près mignon. Adolescent, beaucoup moins beau que Lucy et que les autres de leur âge. Homme, il ressemblait à ses pensées avec une tête à laquelle ne manquait rien, mais où tout semblait en désordre. Si les gens de l'île le connaissaient bien, ils concédaient que pour un étranger Luke pouvait être surprenant. Lucy ne l'avait jamais accepté. Donc, alors qu'Emil et Jim étaient toujours dans le trou à donner un peu de chaleur à Clara, Luke se précipita pour prendre la valise que le beau jeune homme refusa de lui confier.

– Pas nécessaire, mais tu peux me dire où habite Manny ?

– Sûr, mais c'est que

Le jeune homme le suivit jusqu'à la lampe allumée devant la maison de Manny puis, gêné, regarda Luke, ne sachant comment lui demander de s'éloigner. Luke comprit et, changeant de poste d'observation, se réfugia devant la maison voisine. Le jeune homme, nerveux, frappa et attendit. Alex était absent, ce qui étonna Luke – il n'y avait rien à faire sur l'île pendant la nuit, encore moins quand il pleuvait –, et Manny n'était évidemment pas là puisqu'elle était encore chez les Sheltus. Le jeune homme frappa une seconde fois, puis, n'ayant aucune réponse, se retourna pour chercher quelque chose dans la noirceur voilée de l'île. Luke reconnut sur son visage l'expression qu'ont ceux qui regardent partir les bateaux et qui craignent une disette, ou qui ont peur de ne plus jamais revoir de bateaux. Lucy lui avait expliqué qu'une île provoquait toujours cet effet chez les gens du continent qui ne savaient plus pêcher ou ramer. Qui ignoraient que les petites bulles dans l'eau indiquaient où se cachent les clams et les coques. Alors Luke revint sur ses pas et se planta en souriant devant le jeune homme.

– Manny est pas là parce que

– Pourquoi m'as-tu conduit ici ?

– Tu as demandé la maison de

– Elle est pas là ?

– L'enveloppe brune, c'est toi qui

Sans plus parler, Luke précéda le jeune homme, qui frappa à la porte des Sheltus. Manny, allongée sur le canapé éventré, sursauta. Jim n'était toujours pas rentré et elle ne savait pas où il était passé. Elle s'était assoupie en redoutant le pire. Jim était encore plus fragile maintenant que Clara ne pouvait plus lui rappeler pourquoi il était vivant. Manny aperçut Luke sur le trottoir et crut qu'il avait déposé quelque chose devant la porte, livré par le bateau. C'est donc sans méfiance ni préparation qu'elle ouvrit au jeune homme.

– C'est moi.

Manny faillit défaillir. Cette nuit était beaucoup trop sombre pour une venue si faste. Quel beau jeune homme. Quel être bien vivant devant elle. Son mari et elle n'auraient pu faire mieux. Elle l'invita à entrer en s'excusant de le recevoir dans cette maison momentanément vide de sens. Elle bafouillait « Mauvais moment... par ce mauvais temps... surprise, mon Dieu... assieds-toi et dis-moi tout... » D'une main agitée, elle tenta de calmer sa seconde main aussi agitée. Sans attendre qu'il raconte quoi que ce soit, elle lui chuchota qu'elle l'avait espéré pendant des années et qu'elle s'était enfin décidée à le rencontrer pour être certaine qu'il était heureux malgré une naissance obscure. Lui la regardait, perplexe. Ce n'était pas toutes les nuits qu'un homme se retrouvait devant une mère offerte.

Manny ne savait plus où donner de la tête. Elle avait tant attendu ce moment qui arrivait, hélas, en période trouble. La chambre qu'elle lui destinait était occupée par Alex qui n'en finissait plus d'hésiter entre rester ou partir. Maintenant qu'elle avait fait le tour de l'exotique géographie du savoir de celui-ci, elle n'en pouvait plus d'écoper de la conversation dont il l'abreuvait. Elle n'avait plus besoin de boire ses paroles, sa soif de curiosité maintenant étanchée.

Manny se mourait d'inconfort tant à cause du canapé qu'à cause de cette arrivée inopinée. Elle avait l'esprit encombré par l'avenir des enfants Sheltus qui, parce que trop jeunes, ne pleuraient pas tous leur mère de la même façon. Elle, toutefois, pleurait le don de la famille aux Innus et souhaitait que Francis soit aussi aimé là-bas qu'il l'avait été ici. Elle espérait que Jim avait demandé qu'on le lui ramène en été pour qu'il puisse s'amuser avec les siens.

– Votre lettre m'a secoué.

Elle reporta son attention sur le beau jeune homme que le ciel lui aurait expédié pour la faire renaître si Clara et, d'une certaine façon, Emil n'avaient commencé à entrouvrir la porte de son caveau familial. Il était là, devant elle, prêt à l'entendre. Elle plaça ses cheveux ébouriffés et continua, d'une voix hésitante, à parler de ce séjour mémorable qu'elle avait fait à Montréal pour ses études. Mais l'attrait de la ville et l'existence de milliers et de milliers de jeunes hommes, tous plus intéressants les uns que les autres – « Ici, à Harrington Harbour, on pouvait presque les compter sur les doigts de la main » –, l'en avaient distraite.

– Et ton père, auquel tu ressembles d'ailleurs énormément, était le plus intéressant de tous. Il voulait devenir ingénieur maritime. Tu comprendras qu'une insulaire comme moi trouvait qu'il n'y avait rien de plus noble. La pomme ne tombe jamais loin de l'arbre, comme tu vois. Tu m'as écrit être ingénieur.

Le jeune homme fit oui de la tête et l'encouragea à poursuivre, ce qu'elle fit dès qu'elle leur eut versé un café chaud.

– C'est mon café. Jamais je n'oserais puiser dans leur misère.

Alors, contre toute attente, elle raconta les malheurs de Jim et de Clara, leur immense amour détonnant, la pêche et les morues, l'île, les enfants et la mort de Clara. Elle inonda le jeune homme de son chagrin avant de conclure que grâce au ciel, lui, il était là devant elle, vivant et magnifique, alors que

Clara chantait des berceuses à son dernier enfant entre deux nuages.

– Mon Dieu, j'espère que Clara me pardonnera de l'avoir jugée. Heureusement qu'ils sont deux là-haut. C'est l'enfer pour ceux qui restent, crois-moi. Mon mari...

Elle se tut. Le jeune homme si beau assis devant elle n'avait rien à voir avec son mari et elle n'allait pas lui raconter combien la mer pouvait devenir cannibale.

– Je comprends.

– J'espère ne pas t'avoir trop...

Le jeune homme hésita, puis l'interrompit.

– Tout dépend de cette rencontre.

Elle lui sourit enfin et se jura que cette rencontre serait mémorable. À Harrington Harbour on avait peine à croire que quelqu'un veuille visiter l'île uniquement par plaisir. Le fait que ce jeune homme soit arrivé là, le cœur dans l'eau, méritait plus que du respect.

– Demande-moi tout, Jonathan.

– Je préfère qu'on m'appelle John.

Elle oublia que Jim n'était pas encore rentré et n'avait pas vu Winston sortir par la porte arrière. Elle était à Montréal, faisant la navette entre les universités Sir George Williams et McGill. Elle était jeune et la mer était loin. Si elle voulait en entendre l'écho, elle allait s'asseoir sur les rives du Saint-Laurent qui avait perdu son air salin et ses marées pour ressembler à un fleuve alangui à l'intérieur du continent.

– J'ai commencé ma grossesse à Montréal, j'ai continué ici, à Harrington Harbour, sans que rien paraisse, j'ai supplié mes parents de me laisser entreprendre une deuxième année d'études à Montréal, j'ai accouché et je suis rentrée pour Noël, sous prétexte que les études ne m'intéressaient plus, ce qui était vrai. Ça a été pénible. J'étais une jeune fille de province qui venait d'un village que personne ne connaissait.

Manny était étonnée de son aplomb. Pendant des nuits et des nuits elle avait imaginé cette scène dans laquelle elle voulait lui répéter combien elle l'aurait aimé si elle avait pu être sa mère. Elle avait sans cesse envié les familles qui déambulaient sur le trottoir, inconscientes du bonheur qui les escortait.

– Et ?

– Et ?

– Moi.

– Je t'ai confié à l'adoption directement à l'hôpital, comme nous faisions toutes.

– Difficile ?

– Très.

Le moment redouté. Comment se faisait-il qu'elle

ne pleurait pas ? Pourquoi ne lui demandait-elle pas s'il avait de bons parents aimants ? Qu'est-ce qui la retenait de l'étreindre et de lui dire combien il était beau et que toutes les mères du monde auraient été fières d'avoir fait un si bel être ? Rien ne lui venait au cœur et à l'esprit, trop occupés par son île. Rien. Était-ce parce que ce salon qui ressemblait à une cabine de bateau après la tempête la rebutait ? Parce qu'elle avait tout prévu sauf d'être ailleurs que dans sa coquille ? Soudain, n'ayant plus envie d'en parler, elle alla vérifier le sommeil des enfants et revint troublée.

– Il en manque un.

– Ah !

– L'aîné. J'imagine qu'il cherche son père. Le pauvre homme n'est pas encore rentré de l'enterrement. C'est triste.

Ils restèrent l'un face à l'autre, mal à l'aise tous les deux, à se demander pourquoi Manny avait tant parlé. À Harrington Harbour, on était d'avis que trop de paroles ou pas de paroles du tout noyait les ondes.

Josephine rangea la bouteille de Mennen sur le petit meuble de la salle de bains.

– Viens, Wilbrod. C'est le matin du porridge et il pleut encore.

– Oui, Jo. Le matin du porridge.

– Avec du fromage.

– Du fromage ?

– Oui, Wilbrod. Porridge et fromage.

– Quel porridge ?

Josephine lui prit la main et l'accompagna dans l'escalier. Elle se demandait maintenant comment avait fait Joy pour laisser l'œil de son Wilbrod allumé. Le Wilbrod qui était revenu à la maison l'avait éteint. Comme le phare qu'il avait tenu allumé et qui, maintenant, n'avait plus besoin de lui. Un corps sans souvenirs, un phare sans gardien. Elle ne s'en plaignait pas. Un gémissement de Wilbrod était préférable au silence. Une quinte de toux, une raison de se lever et de marcher jusqu'à l'armoire à médicaments ou à l'évier.

Depuis le retour de cet homme qu'elle avait tant aimé et aimait encore avec quatre-vingt-dix ans de tendresse à lui offrir, Josephine avait compris qu'elle aurait à prendre de graves décisions. Pas des décisions sans importance comme le nombre de tranches de jambon à acheter. Des décisions qui les impliqueraient tous les deux. Comme redescendre le mobilier de la chambre nuptiale de Wilbrod pour l'installer au salon. Comme demander à Lucy de construire une salle de bains au rez-de-chaussée. Comme s'habituer à vivre dans la cuisine et la chambre à coucher. Voir Wilbrod du matin au soir dans ses pyjamas et ses vêtements de plus en plus grands puisqu'il était de plus en plus petit.

Wilbrod vieillissait et elle savait que plus rien ne le retenait sauf son dos à elle, quand elle se couchait le soir, vêtue d'une des chemises de nuit de Joy, et qu'elle s'allongeait tout contre lui en lui tournant le dos pour qu'il ne puisse pas voir son visage. Même s'il n'habitait plus ses souvenirs, elle avait concédé que ce n'était pas ses yeux ni sa bouche à elle qu'il cherchait dans la pénombre. Josephine se collait les fesses contre ses cuisses maigres, trouvait ses mains sous les couvertures et les plaçait en bonnet sur chacun de ses seins. Elle respirait alors profondément. Rien dans le corps même vieilli de son Wilbrod ne lui était étranger. Sa peau, ses doigts, ses ongles. Son corps aux seins séchés n'avait rien oublié.

Josephine avait aussi commencé à utiliser le parfum de Joy qui avait échappé à la rafle. Si elle se levait la nuit pour la quinte de toux, elle enfilait le peignoir de Joy pour que Wilbrod n'ait pas peur. Parce que Wilbrod avait parfois peur. Peur de l'obscurité, probablement peur de la mort. Quand on a l'âge du cimetière, on a souvent peur de la mort.

Comme un enfant, Wilbrod regardait son album de photos soir après soir et répétait les mêmes choses. Comme un enfant, il se délectait d'une berceuse. Comme un enfant il lui fallait une veilleuse. Si Phillip ou Luke frappaient à la porte, il se figeait et attendait qu'elle s'ouvre, les yeux fixés sur la poignée. Il lui demandait si c'était elle. Et quand elle disait « Elle qui, Wilbrod ? » il répondait « Elle, Joy » ou « Elle, la mort ». S'il la faisait encore frissonner, c'était qu'elle redoutait les spectres qu'il semblait voir. Voyait-il celui de Joy ou était-ce le sien qui venait hanter ses nuits et son esprit ? Elle devrait mourir sans réponse.

Parfois, Josephine priait pour qu'il meure. Là. Immédiatement. Qu'elle en finisse. Qu'elle retrouve le confort de son absence tellement remplie d'eux. Elle ne voulait pas que le souvenir de ce vieillard ternisse l'éclat du jeune Wilbrod et parvienne à effacer sa voix et son rire et son sourire. Il fallait que ce soit son beau mari qu'elle pleure lorsqu'elle serait veuve et non celui-ci qui avait trop besoin d'elle. Son jeune mari n'avait, hélas, jamais eu besoin d'elle. Des deux, elle se demandait toutefois lequel lui manquerait le plus.

Parfois encore, Josephine priait pour qu'elle-même meure. Là. Immédiatement. Qu'elle en finisse. Qu'elle cesse de se tracasser. Si cela arrivait, elle ne voulait même pas savoir ce qui adviendrait de lui parce que sa mort à elle tuerait son avenir à lui.

Parfois, Josephine priait pour qu'ils meurent

ensemble. La même nuit ou le même jour et qu'ils passent sous l'arche du paradis main dans la main. Elle priait pour que Joy se soit égarée en chemin et qu'ils ne la retrouvent pas. Elle demanderait à saint Pierre de lui refiler les aubes immaculées des anges que Joy n'utiliserait pas pour que Wilbrod se méprenne là-haut. Encore. Et qu'il l'aime. Enfin. D'un amour éternel.

– Aujourd'hui, Wilbrod, nous allons voir Lucy pour lui demander une nouvelle salle de bains et ensuite on file à l'église.

– Lucy qui ?

Lorsque les gens de Harrington Harbour les virent sur le trottoir, pathétiques ombres de leur vie, marchant péniblement sous la pluie et passant leur chemin devant le cimetière, ils se dirent qu'il y avait des glas qui n'auraient jamais dû se faire entendre et d'autres qui tardaient.

Paul était assis dans sa chaloupe, un vieux chapeau battu le protégeant telle une gouttière. Venu chercher le duvet, il ne voulait plus mettre les mains dans les nids. Son dos le faisait souffrir et les canes, qui ne volaient pas, lui donnaient d'agaçants coups de bec. Il avait donc décidé de jeter l'ancre même s'il pleuvinait. Il était en colère contre la vie et les amours. Déçu de lui-même de n'avoir jamais pu mater une relation parce que, au cœur de ses attentes, il y avait eu Lucy. Il y avait toujours eu Lucy, tantôt île exotique où cueillir des fleurs, tantôt rocher protégé par un fort. Maintenant qu'il l'avait tenue dans ses bras et était entré dans le nid de son corps, il se retrouvait dans une cale, tanguant et roulant, prisonnier.

Paul pleurait de découragement. Il n'avait jamais tant aimé l'amour d'une femme comme celui de Lucy. Jamais. Jamais ventre ne lui avait été aussi accueillant. Jamais lèvres plus pulpeuses et affamées. Et maintenant que Luke lui avait poignardé l'éros, Paul ne savait plus. Être passé si près du bonheur et se le faire arracher comme une perle avec un couteau à huîtres. Une perle qu'encore une fois il allait avaler. Il aurait donné toutes les perles du monde pour être avec Lucy et l'aimer à s'en rendre malade. L'aimer pour qu'elle respire. Sa Lucy souffrait pour ses parents et souffrait pour son frère. Il voulait Lucy comme on veut une clef pour l'éden. Il voulait Lucy pour lui ouvrir un parapluie et la protéger. Il voulait Lucy pour la couvrir d'un duvet et la tenir au chaud le reste des nuits de leur vie. Mais il la voulait à lui seul. Sans Luke. Il n'était pas assez équilibré pour vivre sur un tandem. Son amour était mort-né puisque jamais Lucy n'abandonnerait son frère quoi qu'elle en ait dit. Paul l'en admirait mais ne pouvait empêcher un pincement de rancœur.

Il s'était réfugié sous la pluie pour trouver réponse à ses questions. Devait-il quitter cette île où il avait toujours vécu en attente de sa vie ? Maintenant qu'il avait dépassé la quarantaine, il avait moins envie de partir avec son sac de marin : ce serait encore plus difficile de reprendre la mer s'il s'échouait.

Paul pleurait. Lucy souffrirait à cause de lui, et il n'y pouvait rien, sauf l'éviter comme aux funérailles de Clara. Mais on ne pouvait pas toujours s'esquiver sur une île aussi petite. Seule Manny avait réussi cet exploit.

Paul pleurait. Il n'avait pas envie d'éviter Lucy et ne pouvait contourner Luke.

Paul entra dans la crique, attacha sa chaloupe et prit un tout petit sac de duvet mouillé. Sa maison, qu'il ne pouvait meubler de souvenirs, n'en ayant pas assez, l'attendait comme tous les jours, coquette d'autrefois, les rideaux aux canards brodés devant la fenêtre d'une chambre abandonnée. À Harrington Harbour, on disait qu'il y avait plus de vie dans les épaves que dans cette maison presque vide.

Paul croisa Alex qui lui demanda sans ambages dans quel pays il lui recommandait d'aller pour rencontrer des autochtones authentiques, voir des paysages de cartes postales, se baigner dans la mer bleue et nager dans l'Histoire. Paul leva à peine un sourcil et répondit « Vous y êtes » et passa son chemin. Alex éclata de rire avant d'ajouter que c'était la réponse qu'il attendait.

Puis Paul vit Josephine et Wilbrod sortir de chez Lucy d'un pas qu'ils auraient voulu pressé et se diriger vers l'église. Wilbrod tenait fermement la main de Josephine qui se traînait les pieds comme s'ils s'étaient enfoncés dans du sable mou.

– Bonjour, Paul. Il pleut. Pourquoi le bras en écharpe ?

– Bonjour, Josephine. Un accident bête. Lucy va bien ?

– Elle ira bien quand je ferai à sa tête. Je crois qu'elle pense que je n'ai plus la mienne. Elle dit que son père est trop lourd pour moi. Que le moment est venu de...

Paul crut entendre Luke et ne parla plus, fit au revoir du doigt sur son chapeau et fila sans regarder Lucy qui, à la porte de sa maison, se tordait les doigts.

À Harrington Harbour, on n'avait jamais compris pourquoi Paul avait choisi d'être aveugle et Lucy, muette.

Le plâtre d'Emil n'avait pas très bien supporté la pluie. Entendant Emil pester tout bas, Jim avait finalement levé la tête et s'était retourné. Emil n'avait pas bronché.

– Mes côtes commencent à se plaindre de tes anges sur le cercueil.

– Et si on enterrait Clara, Jim, et qu'on rentrait se sécher ?

Jim, mortifié, fit oui de la tête et fut le premier à se relever. Il tendit la main à Emil, déséquilibré par son bras. Il retint aussi l'échelle lorsque Emil l'emprunta pour sortir de la fosse. Les deux hommes avaient l'air de mineurs après un coup de grisou.

Jim pelleta tout en marmonnant ses adieux à Clara. Emil ne savait s'il devait s'éloigner ou parler à la défunte lui aussi. Pour la rassurer. Lui dire qu'un enfant privé de mère peut devenir une bonne personne. Avoir un bon métier. On eût dit que Jim l'avait entendu penser.

– Répète-lui que tu avais l'âge de Winston.

Emil allait maladroitement lever sa première pelletée lorsque Winston apparut. Sans dire un mot, il lui enleva la pelle de la main et, face à son père, pelleta lui aussi. Emil les laissa seuls. Il n'y avait pas de place pour un étranger au sein de cette communion.

Luke, de retour de l'église, aperçut le père et son fils dans le cimetière et s'y dirigea. Il n'avait jamais vu disparaître une tombe. Les Sheltus ne lui parlèrent pas, se contentant de le saluer de la tête.

– J'ai vu l'autre en carton et les enfants dedans qui

Jim ne répondit rien. Seul Winston fronça les sourcils. Il avait effectivement laissé le cercueil de carton dans la cour derrière la maison afin que ses frères et sœurs puissent l'utiliser pour s'amuser.

– Où ?

– Dans l'anse des pirates qui

– Dans l'anse !

Winston jeta sa dernière pelletée de terre et dit : « Oh ! mon Dieu, papa, ils sont allés à l'anse. » Les Sheltus père et fils partirent à la course, appelant au secours en passant devant les maisons. Ainsi Lucy, Paul, Emil et Alex leur emboîtèrent le pas tandis que Manny et John, ignorant où se trouvaient les enfants, les cherchaient pour qu'ils passent à table, et que Luke s'amusait à faire fossoyeur.

Une vision d'horreur attendait ceux qui se rendirent à l'anse. Les cinq enfants dérivaient sur la mer, avec seulement une rame à moitié brisée à laquelle ils avaient fixé un chiffon. Ils étaient déjà à un bon mille de la côte. Tout le monde se précipita vers le bateau de Jim, ancré tout près. Jim se prit la tête à deux mains.

– Non ! Mon moteur ne fonctionne plus depuis des mois. Oh ! mon Dieu !

Alors tous tournèrent sur eux-mêmes et Paul, le souffle coupé par sa plaie, pointa l'index en direction de l'anse suivante. Ils y allèrent tous, préférant marcher dans l'eau qu'attendre que Paul vienne les chercher avec son bateau. Trempés, énervés, ils s'assirent dans l'embarcation en grelottant. À Harrington Harbour, même les pluies d'été pouvaient être glaçantes. Personne ne parla et personne ne fit de commentaires sur le manque de puissance du moteur de Paul, qui mettait trop de temps à rejoindre le cercueil flottant.

Winston s'était installé à l'avant et, penché au-dessus de l'étrave, tentait pathétiquement de ramer avec ses mains pour augmenter l'allure.

– Plus vite ! Plus vite !

De la fenêtre de son salon, David, le *Canadian Ranger*, aperçut l'équipée. Il s'empara de couvertures et fila à son tour chercher son bateau de garde-côtier. L'embarcation de Paul allait enfin atteindre les cinq enfants qui, corsaires d'un jour, foulard sur la tête et cache-œil dans le visage, firent des signes de la main en riant et en criant « À l'abordage ! ».

– Police ! cria Paul. Tous les pirates s'assoient et se tiennent par la main.

Jim, plus mort que vif, leur enjoignit d'obéir

immédiatement. Les enfants cessèrent de rire et allaient obéir lorsque le fond du cercueil céda, les précipitant à la mer. Ceux qui le purent plongèrent en criant. Alex ne savait pas nager et Emil s'empressait d'arracher ce qui restait de son plâtre pour pouvoir tirer les enfants de l'eau. Paul n'avait que son gilet de sauvetage et aucune bouée. Il vit remonter et replonger Lucy. Puis ce fut au tour de Winston, minuscule dans les vagues. Enfin, Jim apparut, traînant Dawn par le cou. Il la mit dans les bras d'Emil et replongea tandis que Paul s'agenouillait près de l'enfant. Dawn toussota et cracha. Paul et Emil se regardèrent à travers leur cauchemar tandis qu'Emil couvrait la petite de sa chemise et qu'Alex scrutait la mer, à la recherche d'il ne savait quoi.

Tout cela rappelait trop l'accident que Paul avait eu avec le mari de Manny. Il aurait fermé les yeux qu'il se serait retrouvé dans l'eau blanche à crier l'air de ses poumons pendant que le mari de Manny s'accrochait à son pied, l'empêchant de faire surface. Il n'avait pas eu le choix de battre des jambes et avait senti glisser sa chaussure. Lorsque sa tête avait enfin émergé, il avait toussé à s'en arracher les poumons. Terrorisé, il avait quand même replongé en apnée à quatre ou cinq reprises, mais n'avait rien vu dans l'eau sans soleil, semblable à celle d'aujourd'hui. Personne. Le mari de Manny avait dû être emporté par le remous qu'avait créé le bateau en coulant. Paul avait finalement été secouru, redoutant de voir monter le cadavre à la surface et espérant que la brume lui en épargnerait la vue.

– Paul, Winston !

Alex, plus pâle que Dawn, avait poussé un faible cri. Paul et Emil arrachèrent le plus jeune des enfants des bras de Winston et le couchèrent au fond de la chaloupe. Il y a des minutes éternelles. Puis ce fut Lucy qui remonta un enfant. Elle replongea sans dire un seul mot, se contentant de compter le nombre de rescapés dans l'embarcation. Jim, dans son énervement, fit surface sous la coque et faillit s'assommer. Il lança presque la deuxième de ses filles avant de redisparaître. Les trois personnes dans l'eau étaient parties à la recherche du dernier enfant quand arriva David, qui colla son bateau contre la chaloupe de Paul. Il hissa un à un les enfants en larmes et toussotants que lui tendait Alex, les emmitoufla dans les couvertures et les fit asseoir dans la cabine.

Jim, Lucy et Winston apparurent l'un après l'autre et replongèrent encore. Enfin, Jim fit surface, le dernier des pirates inconscient dans les bras. Essoufflé, il criait « Il n'est pas mort, dites-moi qu'il n'est pas mort » tandis qu'Emil et Alex le hissaient à bord et que Paul et David tentaient déjà de ranimer l'enfant.

Winston allait replonger lorsqu'il vit Alex lui faire signe de remonter. Il nagea jusqu'au bateau de David et emprunta l'échelle fixée à la coque. Le dernier pirate fut ramené à la vie autant par ses sauveteurs que par les cris de son père, qui lui promettaient les feux de l'enfer s'il ne lui revenait pas. À Harrington Harbour, on fera des gorges chaudes de cette ridicule menace. David tendit une couverture à Winston qui ne cessait de trembler d'affolement et de froid.

Puis Paul cria : « Lucy, mais où est Lucy ? » Winston arracha son frère des bras d'Alex – « Touche pas à mon frère » – qui grimaça. Alex dit alors à Paul qu'il venait tout juste de voir Lucy replonger et qu'il n'avait pas eu le temps de lui faire des signes. Sans hésiter, Paul plongea dans la direction qu'il indiquait, et le froid de l'eau engourdit aussitôt la douleur de son dos. Mais Lucy était là, devant lui, fouillant désespérément les ondes en agitant les bras. Il la rejoignit, lui tapa l'épaule et l'enlaça pour la remonter à la surface. Aussitôt la tête hors de l'eau, il la rassura.

– Alors, ils sont tous là ?

Paul fit oui. Lucy se mit la tête dans l'eau et cria son soulagement. Un long cri que Paul reconnut. C'était un cri de peur et de délivrance. Alors, il imita Lucy et cria aussi à s'en fendre l'âme.

Les gens de Harrington Harbour jurèrent, ce soir-là, les avoir entendus hurler, malgré les nœuds marins qui les séparaient.

Manny et John s'affairèrent autour de la cuisine à préparer des grogs pendant que Jim frictionnait les rescapés à la pâte d'eucalyptus. Manny se flagellait de n'avoir pas vu partir les enfants tandis que John s'évertuait à lui dire que c'était parce qu'il l'avait accaparée. Chacun excusait l'autre. Jim, lui, se tenait pour le grand responsable puisqu'il n'était même pas rentré depuis la veille. Winston, allongé sur un des lits de la chambre des enfants, le bras cachant ses yeux, ne se pardonnait pas de leur avoir apporté le cercueil. Emil était assis à la clinique, en attente d'un nouveau plâtre, et Alex se douchait chez Manny.

Paul était chez Lucy, tous les deux les pieds dans un bac d'eau chaude. Pas un son ne sortait de leur bouche, mais leurs yeux étaient bavards. Ceux de Lucy disaient son incrédulité tandis que ceux de Paul répétaient la profondeur de sa peur de la voir disparaître. Il lui frottait doucement le dessus des pieds et Lucy, pudique, fermait les yeux pour l'empêcher d'y lire son désir. Mais il le lisait sur ses paupières.

La rumeur, amplifiée par les lunettes d'approche et les jumelles, était arrivée au port bien avant le bateau de David qui tirait la chaloupe de Paul. Elle disait que les enfants avaient failli mourir dans le cercueil de leur mère qui, ramolli, les avait précipités aux enfers de la mer ; que Jim avait été trop éprouvé en quatre jours et que la vie devait lui donner un peu de répit pour qu'il puisse se ressaisir ; que Paul s'était fait mordre dans le dos par un chien de mer et qu'il saignait abondamment. Elle disait en ricanant qu'Alex ne savait pas nager et que tout ce qu'il avait pu faire avait été de se prendre pour une roue à aubes en moulinant des bras.

– À moins qu'il ait connu le sémaphore.

La rumeur disait aussi que Josephine avait profité du jour du Seigneur pour visiter la résidence *L'Escale* avec Wilbrod, qui ne l'avait pas reconnue même s'il y avait passé des mois et des mois au chevet de sa Joy. Elle disait que Manny avait un visiteur dont on ignorait tout ; que Luke soutenait qu'il était l'homme qui avait envoyé une enveloppe brune à Manny ; qu'il ne pouvait en dire plus, à cause de son secret pro-fes-sion-nel.

Josephine caressait la main de son homme en la baisant parfois tout doucement.

– On part en croisière, Wilbrod. Dans une belle grande cabine. Matin, midi et soir, on va manger à la salle à manger et, si on se sent paresseux, on aura le service à la chambre. Je vais jouer aux cartes et tu me tiendras compagnie. Et il y aura des fleurs. Et le bal du capitaine. Et le bingo. Tous les jours on verra la mer. Comme ça, on ne pourra pas s'ennuyer. On embarque demain, Wilbrod. Demain.

Lucy fut étonnée et soulagée par la décision de sa mère de se débarrasser de la maison et de s'installer à *L'Escale*. Dans la chambre même qu'avait occupée Joy et qui était toujours libre. Le personnel autorisa Phillip à monter le mobilier nuptial de Wilbrod et leurs fauteuils préférés. Au mur, un calendrier avec des marines de peintres anglais, une photographie des jumeaux et une de Phillip.

Pour leur première soirée, Lucy vint avec ses frères leur tenir compagnie sur la terrasse et refoula ses larmes. Sa mère était une vieille personne qui avait tout juste eu le temps de réaliser son rêve. Elle lui parut aussi fragile que son père, pour lequel elle n'éprouvait toujours rien. Mais Phillip s'en occupait.

– Lucy, est-ce que ton père veut que je lui prête ma brouette pour emporter ses affaires de

Elle fit non de la tête et quitta la terrasse après avoir souhaité bonne nuit à sa mère.

À Harrington Harbour, on avait poussé un grand soupir. On détestait voir les vieux gardiens de phare et leurs belles d'autrefois s'user les jambes sur le trottoir et mourir de peur dans leurs maisons. On aimait pouvoir leur tenir compagnie quand ils empruntaient l'escalier qui ne cessait de descendre vers la grande cale.

Manny était enfin de retour chez elle, où elle aurait tout le temps de parler avec John. Ils allèrent à l'épicerie et elle voulut le présenter, mais John s'y opposa. Il la prit à l'écart, lui confia avoir une énorme confidence à lui faire. Manny sentit son ventre aspiré sous le nombril.

– À quel sujet ?

– Nous.

Ils revinrent à la maison et John lui avoua, avec autant de douceur que s'il avait parlé à une enfant, n'être pas son fils. Manny ne comprit pas.

– Non ?

– Non.

– Comment sais-tu ?

Sa mère biologique avait répondu à ses lettres.

– Elle avait mis, dans un petit écrin, une bottine de feutre bleu. J'ai la seconde.

Il avait voulu rencontrer cette autre femme qui avait donné naissance à un garçon, le même jour et dans le même hôpital. Il avait préféré se déplacer pour cette tâche plus qu'ingrate de lui annoncer l'erreur sur sa personne.

– Pendant trente-huit ans, j'ai eu une mère. Puis je me suis retrouvé avec trois.

Manny ne savait pas si elle devait rire ou pleurer. Alors elle lui avoua avoir inventé sa maternité parce qu'elle avait lu, dans les petites annonces sous la rubrique « Perdu et trouvé », la supplique hebdomadaire qu'il faisait à sa mère naturelle de lui écrire.

– Chaque fois que je la lisais, je comprenais qu'elle ne répondait pas. Ton cri me faisait mal. Je sais trop ce que c'est que d'attendre.

John l'étreignit tandis qu'elle s'interrogeait. Allait-elle être forcée de réenfiler sa peau de chagrin ?

– Je prends le bateau-taxi tout à l'heure et l'avion ce soir.

Manny fit un « ah » qui transpirait la déception, mais n'ajouta rien. Elle l'emmena sur les dentelles des criques et des anses en parlant de l'île et de ses gens. Puis elle allait le conduire à la caverne Marguerite quand ils virent Winston en sortir. Elle cria « Hou-ou, Winston » et celui-ci, en l'apercevant, prit ses jambes à son cou. Manny eut juste le temps de remarquer qu'il semblait affolé.

– Il pleurait ?

– Je crois, oui.

Manny en était toute chavirée. Un enfant de treize

ans n'a pas les épaules assez larges pour porter toute une famille ni le cœur assez fort pour encaisser autant de coups. Elle était contente de voir qu'il s'isolait dans la caverne pour y laisser libre cours à son chagrin. La grotte avait tout vu et jamais rien dit.

Ils rentrèrent à la maison et John boucla sa valise pendant que Manny s'isolait dans son bureau. Elle arracha des murs les petites annonces qu'elle avait longuement accumulées, les relut et les jeta à la corbeille. Elles feraient de jolies flammes sur l'île aux rebuts. L'île de Harrington Harbour était trop petite pour faire de grands rêves et les rêves de Harrington Harbour pouvaient se réaliser à pied.

Manny passa au salon où elle avait fait un lit d'appoint pour John sur le canapé. Il l'y attendait.

– Je suis vraiment désolé, Manny, de ne pas être celui...

Elle l'interrompit d'un geste de la main en souriant de ce sourire triste dont elle avait le secret. Son sourire arrache-cœur qu'elle traînait sur le quai depuis vingt-huit ans. John l'étreignit de nouveau.

– J'aurais été fier d'être ton fils, Manny.

John lui demanda ensuite s'il pouvait revenir la visiter, en marmonnant qu'il aimerait bien l'adopter et commencer à dire qu'elle était sa mère. Elle lui passa une main dans les cheveux et accepta d'un clignement d'œil.

Luke les attendait devant la porte. John lui confia sa valise et tint Manny par le bras jusqu'au bateau-taxi, dans lequel il embarqua après avoir donné cinq dollars à Luke.

– Hou cinq, c'est bon pour

Manny resta sur le quai jusqu'à ce qu'elle perde John de vue. Triste. Luke l'attendit et la raccompagnait chez elle quand Emil vint à leur rencontre.

– Aussitôt le nouveau plâtre enlevé, Luke, j'installe ta girouette.

Luke chanta « ma girouette » sur tous les tons de joie en sautillant. Emil hésita, puis posa la main sur l'épaule de Manny qui ne l'enleva pas. Emil jeta un coup d'œil autour de lui pour voir si on les avait vus.

Derrière les voilages, on les avait vus et on avait souri. On souriait toujours, à Harrington Harbour, quand on avait eu raison.

Jim attendait Winston de pied ferme. On lui avait appris qu'il avait payé les frais de la réception. *Cash !* Son fils si responsable, si gentil n'était qu'un voleur et il allait trouver qui il avait volé et signer une reconnaissance de dette. Ce n'est pas parce que la famille avait été entraînée par la tourmente à deux reprises qu'elle devait perdre son nom. Parce que les Sheltus, Jim était fier de le dire, avaient toujours eu bonne réputation. Lui, Clara et les enfants. Tout le monde avait bonne réputation même en battant pavillon de la pauvreté. Des jeunes filles du village étaient venues chercher les enfants pour les emmener pique-niquer, joyeuse compensation à la suite de l'accident dont ils n'avaient que de bons souvenirs, surtout sa benjamine qui avait adoré se baigner en robe. Jim en avait pleuré de gratitude. Ses cinq lascars étaient là pour lui raconter leur aventure. Quant à Francis, le bébé, Jim se promit qu'aussitôt réparé son moteur de bateau et acheté un nouveau filet il irait le repêcher en s'excusant. Sa famille aurait besoin de lui comme moussaillon dès que lui-même aurait repris du galon.

Winston arriva à la course et stoppa net en voyant son père, dont l'œil n'annonçait rien de bon.

– Où as-tu pris l'argent, Winston ?

Sans attendre de réponse, Jim prit son fils par le collet et se dirigea vers le village d'un pas déterminé. Il frappa à la porte de la première maison et demanda si de l'argent avait été dérobé du tiroir de la cuisine. On répondit que non. Non partout. Même Manny répondit « non », en expliquant en avoir offert à Clara. À Harrington Harbour, on ne mentait jamais, on disait simplement les choses autrement. Mais Manny était inquiète de lire ce qu'elle lisait dans les yeux de Winston : du dégoût. Emil y reconnut le même sentiment. Jim continua son enquête, croisant Luke portant sa casquette de facteur, qui offrit de transporter Winston dans sa brouette si Jim ne voulait pas qu'il marche.

– Je veux qu'il marche ! tonna Jim.

– Pourquoi est-ce que ses pieds ne touchent pas

Jim ne l'écoutait plus, frappant déjà à une autre porte. Luke secoua la tête et alla retrouver Lucy.

– Winston a le dos égratigné comme le ciel quand un avion passe et

Lucy fit la moue, tâchant de comprendre ce que lui disait son frère.

– Alors, comment tu sais ?

– Parce que son père cherche où il a volé. Et son t-shirt lui cache pas le nombril et la raie des fesses parce que son père

– Mais qu'est-ce que tu me racontes ?

Lucy sentit un tremblement sourdre en elle. Son frère ne pouvait inventer des traces d'avion sur le corps de Winston. Elle devait comprendre et décida de fermer le bureau de poste.

– Alors, tu restes ici, Luke, et tu dis que je reviens tout de suite. Et tu ne dis pas ce que je fais.

– C'est un secret pro-fes-sion-nel ça aussi et

– Oui.

En route, elle s'arrêta chez Manny et lui raconta ce qu'elle souhaitait être les élucubrations de son frère. Manny et Emil, qu'elle arracha à un confortable tête-à-tête, lui emboîtèrent le pas. Et tout se bouscula. Ils retrouvèrent le père et le fils et prièrent Jim de les suivre chez Manny.

– Pas chez Manny, les supplia Winston. Pas chez Manny.

Ils allèrent donc chez Lucy et Manny se sentait déjà malade sans savoir ce qui allait l'empoisonner. Dans le salon, ils forcèrent Winston à se dévêtir – « Je ne veux pas » – et aperçurent, horrifiés, des traces de fouet et de morsures sur son petit corps blanc de peur. Jim s'écroula quand Winston, en larmes, lui expliqua n'avoir jamais volé.

– Je n'ai pas volé, papa.

– Et l'argent, Winston ?

– J'ai vendu.

– Vendu quoi ?

– Moi.

Manny se cacha la tête dans l'épaule d'Emil en chuchotant qu'elle n'avait pas cherché à savoir comment il payait l'épicerie.

– Il le fallait. Il fallait faire manger les enfants quand maman était malade. Tu nous avais oubliés, papa. Maman m'a dit que c'était moi l'homme de la maison quand tu étais malade.

– Je ne suis pas malade.

– Oh ! oui. Maman m'a dit que tu étais malade de ne pas être un bon père, un bon pêcheur...

Winston pleurait tant que plus personne ne savait comment étancher la douleur qui lui sortait de partout. Des yeux, de la bouche, du nez. Une douleur purulente sur tout son corps massacré.

– Mais qui... ?

Winston jeta un regard en direction de Manny qui dit : « Oh non ! Alex ? »

Tandis qu'elle et Lucy le lavaient de leur compassion et mettaient du baume sur ses plaies, Jim, suivi d'Emil, bondit comme une balle sur le trottoir à la recherche d'Alex qu'ils trouvèrent dans sa chambre, dépenaillé. Ils lui firent mal. Très mal. Emil lui assena plusieurs coups de sa main plâtrée ; Jim, à son tour, lui laboura le visage et les côtes de violents coups tandis qu'Emil retenait Alex. Quand il pleura « Grâce » comme un enfant, sans poser de questions ils l'escortèrent au quai.

– Il n'y a pas de bateau avant deux jours.

– Nage.

À Harrington Harbour, on n'avait jamais vu une histoire aussi scabreuse et David fit son travail de *ranger* en demandant qu'on appréhende Alex aussitôt qu'il débarquerait. Quant aux blessures d'Alex, personne ne comprit qu'un homme puisse s'en infliger autant en dégringolant d'un rocher. Mais les rochers de Harrington Harbour étaient des rochers acérés pour quiconque ne savait pas les escalader.

Manny était inconsolable. C'était elle la grande responsable des malheurs de Winston.

– Et je l'ai même confié à Alex, ici, dans ma propre maison !

Emil avait beau la contredire, elle n'en démordait pas. C'était elle qui avait accueilli Alex. C'était elle qui avait habité chez les Sheltus et n'avait rien vu. N'avait pas posé de questions quand Winston disparaissait.

– Je n'en peux plus, Emil. La solitude me fait faire tant de bêtises.

Emil grimaça. Manny avait la coulpe trop lourde et elle pleurait tant qu'il ne reconnaissait plus ses yeux et son regard si bleu.

– Mais il y a eu John. C'était bien ton fils, Manny ?

Si la chose était possible, ses sanglots décuplèrent.

– Mais non.

Elle raconta alors avoir inventé sa maternité – « Je m'ennuie tellement, Emil » –, avoir consulté les petites annonces à la recherche d'enfants avides et désespérés de rencontrer leur mère.

– Tu as... ?

– Oui. Ce pauvre inconnu avait fait paraître plusieurs annonces et je l'ai senti tellement désespéré que j'ai décidé de m'improviser sa mère. Et j'étais prête à en prendre plusieurs comme ça. C'est en multipliant les solitudes qu'on les fait disparaître. Je suis tellement seule, Emil, et veuve. Je suis veuve, Emil. Mon mari ne reviendra jamais.

– Tout le monde sait ça, Manny.

Manny alla éteindre la lumière qu'elle avait gardée allumée depuis tant de temps. Emil s'approcha d'elle qui le regardait encore sans le voir.

– Moi, je sais où te trouver, Manny.

Alors elle ouvrit tout grands ses yeux rougis et lui posa une main sur la joue.

– Mon bon Emil.

Emil aida Jim à réparer son moteur. Aussitôt que le bateau se mit à vibrer, Jim changea de teint. Emil lui offrit aussi un de ses vieux filets qu'ils réparèrent ensemble et utilisa les mailles de celui que Jim avait abandonné sur le quai pour terminer les cages à homard fabriquées par Jim dans son atelier. Quand on le libéra de son plâtre, Emil put non seulement finir les cages, mais aussi commencer la rénovation de la cuisine de Jim.

À Harrington Harbour on se mordit la langue. Emil avait depuis longtemps racheté sa maison et avait simplement effectué des travaux d'entretien pour aider les Sheltus. Et on se mordit les pouces aussi parce que Emil leur offrit tous les jouets, les voiturettes et les petits bateaux qu'il avait faits. Il promit aux petits Sheltus de leur installer un bateau grandeur nature dans leur cour avec un système de poulies et de câbles pour qu'ils puissent le manœuvrer. À Harrington Harbour, tout le monde aida à retaper les meubles que Josephine avait offerts aux Sheltus pour que les enfants aient chacun son lit.

Luke frappa à la porte de chez Paul et entra sans attendre que Paul ouvre.

– Tiens ! C'est une *Centaurea montana.*

Paul prit la fleur et la glissa dans une boutonnière de sa chemise.

– Je veux te parler d'homme à homme, Paul, parce que les femmes

Paul retint sourire et souffle.

– Est-ce que tu voudrais être notre mari à Lucy et à moi ? Je tiendrais sa traîne ou je jetterais des pétales de *Rosa rugosa* dans l'allée de l'église. On déménagerait ici parce que c'est plus grand et je prendrais cette petite chambre puis vous, tout le haut. Comme cadeau de noce tu m'offriras un blaireau et un rasoir pas électrique. Pour faire moins de bruit le matin. Je vais demander à Emil d'installer ma girouette sur ton toit si

Paul riait à gorge déployée. Ce Luke resterait accroché par une pince à Lucy toute sa vie. Il n'avait d'autre choix qu'apprendre à vivre avec lui.

– Je pourrais même amener le père de Lucy dans ma brouette pour qu'il voie sa robe blanche et je ferais son bouquet avec des fleurs sauvages si

– Où est ta sœur ?

– Ici, répondit Lucy.

Tout ce temps, Lucy était demeurée cachée près de la porte, retenant, elle aussi, son rire et ses larmes. Luke l'avait traînée sans lui annoncer ses couleurs et l'avait surprise autant que Paul. Mais elle lui en savait gré. Ô combien elle lui en savait gré.

À Harrington Harbour on fut attendri par l'entrée de la mariée au bras de son jumeau, qui avait d'abord répandu plein de pétales avant d'aller la chercher à l'arrière de l'église. Son bouquet était constitué de fleurs sauvages auxquelles Luke avait ajouté quelques brindilles et branches. Et lorsque le révérend avait demandé à Lucy si elle acceptait Paul, Luke avait répondu « oui » en écho.

Josephine aurait aimé que Wilbrod tienne le bras de sa fille, mais Lucy avait refusé et probablement que Wilbrod aurait refusé aussi. Mais ils étaient tous les deux là, à l'avant de l'église, assis du côté de la mariée. Josephine souriait et Wilbrod pleurait. Elle avait délicatement posé sa main gantée sur la bouche de son mari pour que personne ne l'entende marmonner.

– Où est le cercueil de Joy ? Qui a pris le cercueil de Joy ?

Tandis que les mariés s'embrassaient et que Luke se dandinait, on entendit hurler un bébé et tout le monde se retourna. Devant la porte se tenait la sœur de Clara, Francis dans les bras, une énorme valise posée sur le plancher. Elle sourit de toutes ses belles dents quand les enfants se précipitèrent vers leur frère. Lucy et Manny crièrent de joie.

Les enfants Sheltus mangèrent dans tous les plats à la réception. Phillip s'occupa de son père et de la mère de la mariée, secondé par l'infirmière qui avait quitté sa maison pour s'installer près du phare, chez Phillip, le mystérieux homme de la caverne Marguerite.

Manny était venue avec Emil qui, de l'avis de

tous, avait grandi d'au moins deux pouces depuis que Manny le regardait dans les yeux.

– Ce n'est pas possible à son âge.

– Tout est possible.

Quant à Winston, il avait essayé tous les vêtements que Manny lui avait achetés. Il partait étudier à Lennoxville, loin des siens, mais près de son avenir. Emil lui avait offert sa valise dont il n'aurait plus besoin maintenant que Manny l'avait vidée dans sa chambre.

Jim avait fait un peu de contrebande en allant chercher le homard pour la réception des noces. David, le *ranger*, ne vit rien.

John était revenu deux fois avec sa famille durant l'été et il avait offert d'acheter la maison de Josephine et Wilbrod. Les héritiers vendirent. Quant à Alex, personne ne voulut plus en entendre parler et son souvenir se noya.

REMERCIEMENTS

Je tiens à remercier, pour son apaisante présence, Daniel Larouche.

Je tiens à remercier, pour leur appui, Lyse Couture et Michelle Couture, mes sœurs, Claire Caron, Suzanne de Cardenas, Raynald Donais, Danielle Boespflug, ainsi que Johanne Dufour pour sa complicité et sa générosité.

Je tiens à remercier mon éditeur canadien, Libre Expression, qui n'a jamais hésité à tout bouleverser pour permettre à mes mots de vivre.

DU MÊME AUTEUR

Aux Éditions Albin Michel

CET ENFANT D'AILLEURS, 1994.

L'ENVOL DES TOURTERELLES, 1995.

Aux Éditions de La Table Ronde

LES FILLES DE CALEB, 1989.

LE CRI DE L'OIE BLANCHE, 1989.

ÉMILIE, 1992.

BLANCHE, 1993.

Cet ouvrage, composé
par I.G.S. - Charente Photogravure
à L'Isle-d'Espagnac,
a été achevé d'imprimer sur Roto-Page
par l'Imprimerie Floch à Mayenne,
pour les Éditions Albin Michel
en mai 2003.

N° d'édition : 21713.
N° d'impression : 57276.
Dépôt légal : juin 2003.
Imprimé en France.